ज़िन्दगी के रंग
कहावतों के संग
भाग-१

तूलिका रस्तोगी * रंजन अग्रवाल

Made with ♥ on the Notion Press Platform
www.notionpress.com

हम अपनी इस प्रथम कृति को ईश्वर को अपने सब पाठको को,समस्त परिवार को, सभी मित्रों को और शुभचिंतकों को सादर समर्पित करते हैं।

क्रम-सूची

क्रम-सूची

प्रस्तावना

हर एक ज़िन्दगी तमाम रंगों से भरी होती है। ज़िन्दगी में बहुत सारे किस्से होते हैं, हर किस्सा कुछ न कुछ कहावत-मुहावरे का प्रतीक होता है। हर किस्से में किसी न किसी कहावत-मुहावरे की अभिव्यक्ति होती है।

सभी भाषाओं में कहावतें और मुहावरे होते हैं, जो बड़ी-बड़ी बातों को एक छोटे से वाक्य में अभिव्यक्त कर देते हैं। बचपन में दादा-दादी, नाना-नानी, माँ-पिता, शिक्षक, और बड़ों से, हम सब बहुत सारी कहावतें और मुहावरें, सीख के रूप में, या अन्य बातों की अभिव्यक्ति के रूप में, सुनते हैं।

यह कहावत-मुहावरे हमारे ऊपर अपनी अमिट छाप छोड़ देते हैं। ऐसे ही कुछ कहावतों-मुहावरों को संजोकर, उनसे जुड़े क़िस्सों को हमने इस पुस्तिका में प्रस्तुत करने का प्रयास किया है।

1

जैसा बीज बोयेंगे वैसा ही फल मिलेगा

जैसा बीज बोयेंगे वैसा ही फल मिलेगाः तूलिका

अनोखी रोज़ कॉलेज चलकर जाती थी। उसका कॉलेज आधा किलोमीटर दूर था। अपने घर की लेन से निकल कर वह मेन रोड के किनारे वाले फुटपाथ पर रोज़ चलकर जाती थी। सुबह की क्लासेज़ रहती थीं, दोपहर तक क्लासें समाप्त हो जाती थी। बस प्रैक्टिकल वाले दिन ही शाम के चार बजे तक क्लासें होती थीं, सप्ताह में केवल दो बार सोमवार और बुधवार।

कॉलेज से लौटते समय अनोखी की दो सहेलियाँ, जो उसकी घर की लेन से पीछे वाली लेन में रहतीं थीं, हमेशा साथ होती थीं। नीला और मीता उनके नाम थे। रास्ते में उन्हें कुछ फल वाले फुटपाथ और पुलिस कॉलोनी के बाउंड्री वाल से लगे लम्बे से प्लेटफ़ॉर्म पर बैठे मिलते थे। उसमें एक बूढ़ी औरत भी फल लगाती थी। अनोखी और उसकी सहेलियाँ उससे हमेशा फल लेकर घर लौटते थे। एक दिन कॉलेज से लौटते हुए उन लोगों ने देखा कि बूढ़ी औरत के साथ एक आदमी बैठा था, जो उसका बेटा जान पड़ता था। अनोखी और उसकी सहेलियों ने रोज़ की तरह बूढ़ी औरत से फल लिए। तब बूढ़ी औरत ने बताया कि वह उसका लड़का है। ऑटो चलाता है और सुबह मंडी से फल लाता है। बहुत नेकदिल इंसान है मेरा बेटा। मैं इसे ज़्यादा पढ़ा नहीं पायी, पर इसने अपने बच्चों को खूब पढ़ाने का ज़िम्मा लिया है। और यह मेरी देखभाल भी करता है। तब उसके बेटे ने कहा, बच्चों सच यह है कि माँ ने मुझ अनाथ को अपनी पहचान दी और पाल पोस कर आज एक अच्छा इन्सान बनने की सीख दी है। यह उनके ही प्रयास और शिक्षा है, कि मैं आज जीवित हूँ, और आज

अपने बच्चों को पढ़ा पा रहा हूँ।

मॉ अकेली थी मुझे बहुत छोटी उम्र में सड़क के किनारे पाया, और अपना लिया।आज उसकी ही देन कि, मेरा बड़ा बेटा, अब बैंक में नौकरी पर लग गया है, अगले माह से जॉयन करेगा। और बेटी भी स्कूल में टीचर है, इस साल से ही उसने एमएससी करने के बाद, पढ़ाना शुरू किया है । मॉ ने अच्छे कर्म किये अच्छी शिक्षा दी, उसका फल है कि, मैं कुछ कर पाया, और आज बच्चे अच्छे बन गए हैं।

मॉ ने बचपन में कहा था, "जैसा बीज बोयेंगे वैसा फल मिलेगा"- "As you sow, so shall you reap" उन्होंने अच्छा किया, तो उनका एक अच्छा परिवार बना। फिर वह बोला, बच्चों आपके मॉ बाप भी बहुत अच्छे हैं, आप सब भी बहुत नेकदिल हो। इसलिए मॉ से हमेशा फल लेकर हम सबकी बहुत मदद करते हो। ऐसे ही हमेशा अच्छे बने रहो, और पढ़-लिखकर, अपने मॉ बाप का नाम रोशन करो।

2

जब अंत भला तो सब कुछ भला

जब अंत भला तो सब कुछ भला: तूलिका

सोनू अपने मॉ-पापा के साथ खूबसूरत पहाड़ी स्थल धर्मशाला में आई हुई थी। पापा की कम्पनी का गेस्ट बँगला था, तो उन्होंने धर्मशाला घूमने का प्लान बनाया था।

इतनी ख़ूबसूरत जगह को देखकर वहीं रहने के लिए मन करता था। और तो और गेस्ट बँगला भी, बहुत सुन्दर था। बँगले से थोड़ी दूरी पर, आर्मी बेस-कैंप था। बँगले के केयर टेकर और उनका परिवार कम्पाउन्ड के कोने में बने क्वार्टर में रहते थे। उनके दो बच्चे थे वह आर्मी स्कूल में पढ़ने जाते थे। आस पास और भी कम्पनियों के गेस्ट हाउस या बँगले थे। सभी आस पास रहने वाले परिवारों के बच्चे आर्मी स्कूल में पढ़ने जाते थे।

केयर टेकर के बच्चे सोनू से मिलने आये दूसरे दिन नीर और मेरु। नीर, सोनू के बराबर थी, और मेरु थोड़ा छोटा था। उन लोगों ने सब घूमने की जगहों के बारे में बताया। और बोला जाने के दो दिन पहले, हम लोग, आप लोगों को, आर्मी कैंप और उसके आगे थोड़ी और ऊँचाई पर बौद्ध-मंदिर संग्रहालय है, और सेंट-जॉन चर्च दिखाने ले चलेंगे, फिर आप लोग, जाने के पहले, आख़िरी दिन आराम करियेगा। सोनू और उसके मॉ-पापा को, उनकी आत्मीयता देखकर बहुत ख़ुशी हुई।

सोनू और उसके पापा ने सब जगह बड़े प्यार से घूम कर देखीं। सब इतना सुन्दर था कि बस लगता था, कि बस वहाँ से कहीं भी जाने का मन नहीं कर रहा

था। वहाँ पर हर जगह इतनी सुन्दर थी, कि सब देखते रहने की इच्छा होती थी। ख़ूबसूरत जगह, और प्यारा मौसम प्रकृति का ख़ज़ाना था, धर्मशाला। सब घूमने के बाद दिन कितनी जल्दी बीत गए पता ही नहीं चला।

अब वह दिन आया जब सोनू उसके माँ पापा, नीर, मेरु, पास के गेस्ट हाउस में आया हुआ परिवार सब निकल पड़े घूमने। नीर मेरु ने उन लोगों को अपना स्कूल दिखाया जो बहुत ही सुंदर था, आर्मी कैंप तो और भी सुन्दर। फिर वह लोग सेंट जॉन चर्च गये। प्रकृति के दृश्य इतने प्यारे थे कि बस देखते रह जाओ।

अब चर्च के बाद वह सब शार्टकट रास्ते से, बौद्ध मंदिर और संग्रहालय की ओर चल पड़े। शार्टकट रास्ता थोड़ा कठिन ज़रूर था चलने में, पर सब एक-दूसरे के साथ चलकर पार कर गये। अब संग्रहालय और मंदिर देखकर सब बाहर निकले ही थे कि ज़ोर की बारिश शुरू हो गई अचानक से। अब तो शार्टकट से वापस जाना संभव नहीं था। बौद्ध मठ के पुजारी बोले ,आप सब परेशान न हों यहाँ ही रुकें जब बारिश रुकेगी, तब जाने के बारे में कुछ इन्तज़ाम देखते हैं। अब सब लोग थोड़ा परेशान थे, पर उन्होंने यह सोचकर इत्मीनान की साँस ली, कि बारिश तब शुरू हुई, जब वह मंदिर से बस बाहर ही आये थे। क्या होता यदि वह आगे बढ़ चुके होते।

बारिश धीरे-धीरे कम होने लगी कुछ घंटों के बाद, पर अब अंधेरा होने लगा था। वापस रात्रि में लौटने की संभावना लगभग नहीं के बराबर थी। मेरु नीर थोड़ा उदास हो गये। उन लोगों ने, पापा से सॉरी बोला, कि वह यदि उन सबको यहाँ नहीं लाते शार्टकट से, और गाड़ी से लम्बे रास्ते से आये होते तो लौटने में कोई दिक्क़त नहीं होती। पापा ने उन्हें प्यार से समझाया, कि बेटा आप लोगों ने तो हमें बहुत अच्छे रास्ते, और प्राकृतिक दृश्य दिखाए, और बहुत अच्छा करने का प्रयास किया। अब आसमान भी सुबह साफ़ था, अचानक इतनी ज़्यादा बारिश होगी किसी ने नहीं सोचा था। इतने में मठ से बौद्ध शिष्य आये और उन्होंने भोजन करने के लिए कहा। और उन्होंने कहा आप सबके सोने का प्रबंध भी कर दिया है। यदि कोई साधन मिलेगा रात में तो ठीक है, वरना कल हमारे कुछ साथी आ रहे हैं, हम आप सबको वापस आपके बँगले तक पहुँचा देंगे।

मौसम के बिगड़ने से नेटवर्क भी नहीं आ रहा था, वरना कुछ सम्पर्क स्थापित कर गाड़ी का इन्तज़ाम करने का प्रयास किया जाता। सबने भोजन कर लिया, साथ में जो दूसरे गेस्ट हाउस में से आया परिवार था, वह थोड़ा परेशान था, क्योंकि उनकी दूसरे दिन रात की फ़्लाइट थी वापसी की। बौद्ध पुजारी ने उन्हें भरोसा दिलाया कि वह उन्हें समय से पहले ज़रूर पहुँचा देंगे, वह परेशान नहीं हों। बस सुबह का उजाला होते ही कुछ व्यवस्था हो जाएगी।

अब सब विश्राम करने लगे कि थोड़ी देर में किसी गाड़ी की आवाज़ आयी जो आकर वहाँ पर रुक गई थी। सोनू के पापा बाहर निकले अपने कमरे से, तो देखा कि कुछ फ़ौजी अपनी गाड़ी से उतर कर बौद्ध भिक्षु के पैर छूकर उनके भोजन स्थल की तरफ़ बढ़ रहे थे। बौद्ध गुरु ने उन्हें भोजन कराया, तब तक सोनू के पापा भी वही बैठ गए।

अब बौद्ध गुरु उन लोगों से बोले कि महानुभावों मेरे कुछ मेहमान है जो यहाँ घूमने आये थे, अपने गेस्ट बँगले से शार्टकट से पैदल बारिश के कारण यहाँ फँस गए हैं।उनमें से एक की कल की वापसी की फ़्लाइट भी है, क्या आप लोगों के साथ वह लोग जा सकते है। उनके कमांडर ने कहा अवश्य हमारी एक और गाड़ी आ रही है , हमारे कुछ लोग उसमें बैठ जायेंगे, और सब हमारे साथ इसी गाड़ी में चल सकते हैं। थोड़ी देर में दूसरी गाड़ी भी आगई, सभी फ़ौजीयों ने वहाँ भोजन करने के बाद गुरु जी से आज्ञा लेकर चलने की तैयार कर ली।

सब मेहमानों ने भी, तीनों बच्चों सोनू, नीर, और मेरु, के साथ बौद्ध गुरु से आज्ञा ली, और आर्मी की गाड़ी में बैठकर गेस्ट हाउस वापस आगये। सबने फ़ौजी अफ़सर और उनके सभी साथियों का शुक्रिया अदा किया। सोनू के पापा ने कहा ऊपर वाले की कृपा से हम सब सकुशल समय पर वापस आगये। अब क्या कहना " जब अंत भला तो सब कुछ भला"-"All is well that ends well".

3

फूँक-फूँक कर कदम रखना

फूँक-फूँक कर कदम रखना: तूलिका

आरव को बहुत समय से सामने वाला बंगला अच्छा लगता था। उसका हमेशा से मन था कि वह यदि बिकेगा तो वह पापा को मनाकर, अपने घर को बेचकर उसे ज़रूर ख़रीदने की कोशिश करेगा।

वह बँगला बिकने के लिए है, ऐसी कई लोगों से ख़बर मिली थी। अब जब उसका प्रमोशन हो गया तो, उसने पापा से अपने मन की बात कही। उसके पापा ने कहा, अवश्य आरव, तुम पता लगा कर रखो, कि यदि वह बँगला बिकने के लिए है, तो हम लोग अवश्य उसे ख़रीदने की पूरी कोशिश करेंगे। पर एक बात ध्यान में रखना कि वह घर पूरी तरह से सही होना चाहिए, उसके सब काग़ज़-पत्र ठीक होने चाहिए।

सामने वाला बँगला खूबसूरत ज़रूर था, पर बहुत समय से बंद था। कभी-कभी एक भला मानस आता और मज़दूरों को लगाकर सफ़ाई कराता, और चला जाता। आखिर एक दिन वह भला इंसान आरव को अपने आफ़िस से निकलते हुए सामने दिखाई दिया। उसने उन्हें देखकर आगे बढ़कर पूछा, सर आप यहाँ कैसे? आरव आगे बोला मैं आपको हमेशा आपके बँगले की सफ़ाई कराते देखता हूँ, आपके बँगले के सामने जो फ़्लैट बने हैं, उनमें से फस्ट फ़्लोर के दोनों फ़्लैट हमारे है। हमें यहाँ आये अभी दो वर्ष ही हुए हैं। आपको हमेशा वहाँ आकर सफ़ाई कराते देखा है, पर आप वहाँ कभी रहते नहीं। तब उस व्यक्ति ने बताया कि वह उस बँगले का मालिक नहीं है। वह बँगला बिल्डर का है जिनके यहाँ वह नौकरी करता है।

वह बँगला बिल्डर ने कुछ साल पहले एक राजनेता से ख़रीदा था, क्योंकि वह राजधानी शिफ्ट हो गया था। सब ठीक था, कि अचानक बिल्डर के उपर इस बँगले को लेकर किसी और दबंग ने केस कर दिया, कि यह बँगला अवैध ज़मीन पर बना हुआ है। अब बिल्डर उस केस को सुलझाने की कोशिश कर रहा है। जल्दी ही निर्णय हो जाना चाहिए। उस दबंग ने कोर्ट के निर्णय से बाहर सेटलमेंट करने के लिए मान लिया है। यह पूरी ज़मीन असल में अवैध नहीं है, कुछ भाग ही उसका फ्री लैंड है। बस दबंग की ऑंख तो इस बँगले पर, नेता जी के समय से थी, पर जब नेता जी यहाँ से चले गये, और ज़मीन हमारे को बेच गये, तो उसने यह बखेड़ा खड़ा कर दिया। अब जैसे तैसे आधी ज़मीन पर सुलह हुई है। सब ठीक हो गया है।

अब हमारे सर इधर आकर रहेंगे, और आधी ज़मीन पर वह दबंग नेता अपनी कोठी खड़ी करेंगे। अब आरव को समझ आया कि पापा ने क्यों कहा कि सब पता करना कि सब ठीक होना चाहिए, तभी ख़रीदने की बात सोचना। "फूँक-फूँक कर कदम रखना" या कहें कि ठोक बजाकर काम करना क्योंकि "दूर के ढोल सुहावने होते हैं" -"Grass on the other side always looks greener"सब सही का पता करके ही आगे बात करना चाहिए।

4

अपना वही जो आवे काम

अपना वही जो आवे कामः तूलिका

शिक्षा का अनिवार्य होना, किसी भी राष्ट्र की उन्नति का सबसे बड़ा कदम है। शिक्षा, शिक्षक और छात्र हर राष्ट्र की सबसे महत्वपूर्ण कड़ी है। किसी एक देश की बात ही नहीं, यह ज़्यादातर देशों की, आज भी सबसे बड़ी कमी है, कि शिक्षकों की आर्थिक स्थिति आज भी बहुत सारे व्यवसाय के लोगों के मुक़ाबले उतनी मज़बूत नहीं है।

राघव ने अपने पोस्टडॉक्टरेट को बाहर के देश से करने के बाद, शिक्षक बनने का ही सोचा। उसकी सोच बचपन से ही सबसे ज्ञान पाने, और ज्ञान देकर, ज्ञान बढ़ाने की थी। अपने पापा-मॉ की तरह, वह भी एक अच्छा शिक्षक बनकर, विद्यार्थियों को पढ़ाना चाहता था।

बाहर पोस्टडॉक्टरेट के लिये उसे पूरी स्कॉलरशिप भी मिल गई थी। पापा-मॉ दोनों, कुछ साल बाद रिटायर होने वाले थे। राघव उससे पहले अपने को सैटल करके, मॉ पापा को हर तरह का आराम, और सपोर्ट देना चाहता था।राघव बड़ी पेशों-पेश में था, जाना चाहता था और नहीं भी, मॉ पापा को छोड़कर जाने का मन भी नहीं था। पर आगे पढ़ाई करना, और अपने, व मॉ-पापा, के सपने को साकार करना भी था। मॉ ने उसके मन की बात पढ़ ली थी। उन्होंने राघव से बोला, वह चिंता न करे अपना लक्ष्य ध्यान में रखकर आगे बढ़ें।

राघव को दिसंबर माह में जाना था। अचानक उसका एक बचपन का दोस्त वंश, जो ग्रेजुएशन करने के लिये अमेरिका चला गया था, और राघव से संपर्क में

नहीं था, उससे सोशल मीडिया के ज़रिए से संपर्क में आया। उसको जब पता चला कि राघव वॉशिंगटन आ रहा है, तो उसको बहुत ख़ुशी हुई। वंश ने राघव को बताया, कि दो माह बाद ही वह नई जॉब को जॉयन करेगा वॉशिंगटन में ही, और वह वहाँ शिफ्ट हो रहा है। वंश ने, राघव को उसने अपने साथ रहने के लिए कहा, उसका ऑफिस और राघव की यूनिवर्सिटी बिलकुल पास-पास थे। और इतना ही नहीं वंश के मॉ पापा भी अब उसी शहर में आगये थे जहां राघव और उसके मॉ पापा रहते थे। वह लोग कुछ समय के लिए दूसरे शहर में चले गए थे। इस कारण ही राघव वंश का ज़्यादा संपर्क नहीं रहा था। जब वंश ने अपने पैरेंट्स के बारे में राघव को बताया, तो राघव को बहुत अच्छा लगा। इतना ही नहीं वंश ने कहा वह अगले माह कुछ दिन के लिए आ रहा है। और उसके पापा अगले माह रिटायर हो रहे हैं, फिर उसके पैरेंट्स राघव की सोसायटी के पास की सोसायटी में ही शिफ्ट होने वाले हैं।

समय जल्दी बीतने लगा, राघव इस बीच वंश के पैरेंट्स से मिलकर आया। राघव को वंश के पैरेंट्स अपने तमाम जानने वाले लोगों के मुक़ाबले बहुत ही अच्छे लगे। अब वंश भी इंडिया आ गया था, अपने पापा के रिटायरमेंट फ़ेयरवेल पर और अपने पैरेंट्स को नये घर में शिफ्ट कराने के लिए। राघव ने भी वंश के परिवार की पूरी मदद करी। अब राघव के मॉ-पापा ने, वंश को और उसके पैरेंट्स को, अपने घर भोजन पर बुलाया। दोनों परिवारों में अच्छा संबंध मेल मिलाप हो गया।

वंश के पापा डॉक्टर थे, उन्होंने राघव से कहा, कि उसे अब यहाँ की चिंता करने की कोई भी ज़रूरत नहीं है, वह अच्छे से अपनी पढ़ाई कर अपना भविष्य बनाये। वह लोग यहाँ पर भी एक परिवार की तरह ही हैं। अब तो राघव बहुत ही ज़्यादा संतुष्ट था, उसकी एक सबसे बड़ी चिंता का समाधान हो गया था। अब वंश वापस जा रहा था, उसे भी इत्मीनान था कि अब राघव के पैरेंट्स, और उसके पैरेंट्स एक-दूसरे के पास में ही रहते थे। उन लोगों ने भी वंश को इत्मीनान दिलाया, कि वह निश्चिंत होकर जाये।अब कुछ महीनों बाद राघव भी जाने की तैयारी कर रहा था। वंश के पैरेंट्स राघव को, अपनी कार में एअरपोर्ट छोड़ने, राघव के पैरेंट्स के साथ आये थे। अब राघव भी अमेरिका पहुँच चुका था।

वंश ने उसके लिये सब सेट कर रखा था । अब कुछ दिनों बाद राघव वंश शाम की चाय पी रहे थे अपने अपार्टमेंट में, तब राघव ने सोचा उसके इतने सारे दोस्त थे, कुछ तो अमेरिका में भी थे, रिश्तेदार भी थे, पर कोई मिलने भी नहीं आया। वंश से तो बस क्लास की, अच्छी दोस्ती थी, और बीच में संपर्क भी नहीं था। पर आज वह हर किसी अपने से बढ़कर था। उसने आख़िर वंश से कह ही दिया दोस्त बचपन में मैंने अपनी नानी से सुना था "अपना वही जो आवे काम"-"A friend in need is a friend indeed" तुम,अंकल-आंटी, मेरे व मेरे परिवार के सबसे ज़्यादा अपने हो। हर कोई दोस्त रिश्तेदार जो बड़े-बड़े दावे करते थे, वक़्त पर मिलने की तो दूर, फ़ोन पर बात करने से भी कतराते हैं। पर आज मुझे सही मायने में, मेरे अपनों की पहचान हो गई है।

5

दिल्ली अभी दूर है

दिल्ली अभी दूर है: रंजन

अमित और सुमित सहपाठी होने के साथ-साथ अच्छे दोस्त भी थे। दोनों ने दसवीं की परीक्षा ९८ % के साथ पास की थी। दोनों का सपना एक अच्छे कॉलेज से एयरोस्पेस इंजीनियरिंग कर, रिसर्च के लिए विदेश जाने का था। इतना ही नहीं, उन्होंने यह भी सोच रखा था कि वे नासा ज्वाइन करेंगे। हमेशा साथ-साथ रहने का वादा उन्होंने एक दूसरे से कक्षा ६ में ही कर लिया था। बचपन में देखे सपने साकार होने की तरफ उनके कदम बढ़ रहे थे। दोनों ने शहर की जानी - मानी कोचिंग में प्रवेश ले लिया।

वे दोनों मन लगाकर पढ़ने लगे। पढाई का स्तर एकदम से बहुत बढ़ गया था, विशेषतः गणित और भौतिकी शास्त्र विषयों का। सुमित और अमित पूरा ध्यान लगा कर लेक्चर सुनते, नोट्स बनाते, अपने प्राध्यापकों से प्रश्न पूछते, नियमित रूप से अपना गृहकार्य करते। इस तरह चल पड़ा , बहुत सारे लेक्चर्स, फिर टेस्ट्स, फिर क्विज, इनका एक अंतहीन सिलसिला। दोनों काफी मेहनती थे, उन्हें अच्छे मार्क्स आते थे। उन दोनों को अपने सपने सच में बदलने की अपनी कोशिश पर यकीन होने लगा।

एक दिन उन्हें दूसरे कुछ दोस्त मिले, वे उनका हर समय पढ़ते रहने का मजाक बनाने लगे। कहने लगे कि तुम्हारे मार्क्स तो अच्छे आ ही रहे हैं, तो बीच- बीच में तुमको अपना मनोरंजन कर लेना चाहिए। अपने दोस्तों की बातों से प्रभावित होकर, उन दोनों ने सोचा कि हम मॉल घूमने जाते हैं। वहां उन्हें पुराने दोस्त मिल गए, साथ में बात- चीत करते हुए बहुत समय हो गया, फिर वे घर आ गए । बहुत थकने के कारण वे अगले दिन जल्दी न उठ सके और समय से क्लास नहीं पहुँच

पाए। क्योंकि ऐसा पहली बार हुआ था कि उन्होंने कोई क्लास छोड़ी थी, वे बहुत दुखी हुए।

अगले दिन जब वे कोचिंग पहुंचे, गणित सर ने नया टॉपिक शुरू कर दिया था, उनको कुछ समझ में नहीं आ रहा था। हताश हो कर, सिर नीचा कर के बैठ गए, सर ने पूछा तो उन्होंने अपनी पिछले दिन की बात बताई।

सर ने उनको समझाया कि ब्रेक लेना जरूरी है पर एक सीमा में, अपने सपनों पर केंद्रित रहो, दूसरे लोगों की बातों में मत आओ। "दिल्ली अभी दूर है", रास्ते में भटकना ठीक नहीं ।

अमित और सुमित इस बात को अच्छी तरह समझ गए कि हम सभी को अपनी प्राथमिकताओं का ध्यान रखना चाहिए। उन्होंने एक कठिन तथा लम्बा मार्ग चुना था। अपना सपना पूरा करने के लिए उन्हें सतत परिश्रम तथा लगन की जरूरत थी।

6

साँच को ऑंच नहीं

साँच को ऑंच नहीं: तूलिका

स्टीव अभी अपने कैमिकल इन्जीनियरिंग के फ़ाइनल ईयर में था। वह इलेक्ट्रिक कार की बैटरी के स्पेशल प्रोजेक्ट पर, अपने प्रोफ़ेसर के अन्तर्गत कार्य कर रहा था। स्टीव को, उसके दो जूनियर वनी, और रौशन, ने जॉयन करा था, अभी कुछ महीने पूर्व ही। तीनों बहुत ही ज़्यादा मेधावी छात्र थे। उन्होंने इस प्रोजेक्ट पर ज़ोर शोर से, काम करना शुरू कर दिया था।

छः महीने के बाद यह प्रोजेक्ट अन्तर्राष्ट्रीय साइंस प्रतियोगिता में, प्रदर्शित होने के लिए, जो मिशिगन में थी, चयनित था। प्रोफ़ेसर कंचन ने, अपने तीनों छात्रों के साथ इसको प्रदर्शित करने का फ़ैसला ले लिया था। उधर ऑटोमोबाइल इंजीनियरिंग के प्रोफ़ेसर अनिल भी, अपनी टीम के साथ अन्तर्राष्ट्रीय प्रतियोगिता में इस बार शामिल होना चाहते थे।

प्रोफ़ेसर कंचन बहुत अनुभवी विद्वान थे, अभी तक वह ही कॉलेज की तरफ़ से, सभी राष्ट्रीय, और अन्तर्राष्ट्रीय प्रतियोगिताओं, में भाग ले चुके थे, अपने मेधावी छात्रों के साथ। उनकी टीम में कैमिकल इंजीनियरिंग, के साथ-साथ, अन्य स्ट्रीम के छात्र भी रहते थे। वह प्रोजेक्ट शुरू करने के पहले ही, अपने छात्रों से बातचीत कर, फिर निर्णय लिया करते थे, कि किस प्रकार के प्रोजेक्ट पर, काम करना चाहिए। और फिर वह अन्य स्ट्रीम के प्रोफ़ेसरों के साथ मिलकर छात्रों की मिली जुली टीम बनाते थे। पिछले सभी प्रोजेक्ट सफल रहे थे, राष्ट्रीय कम्पनियों या अन्तर्राष्ट्रीय कम्पनियों ने प्रोजेक्ट लिए थे और छात्रों को अपने यहाँ रिसर्च और डेवलपमेंट में रखा था।

प्रोफ़ेसर कंचन ने सबसे पहले स्टीव को चुना था, अपने डिपार्टमेंट से, वनी को बॉयोटेक से,और रोशन को इलेक्ट्रॉनिक एंड इलेक्ट्रिक इन्जीनियरिंग से, चुना था। सबका इसमें अलग-अलग तरह से योगदान था। स्टीव ने प्रोजेक्ट का बेसिक तैयार किया था, कि कैसे बैटरी को १२०० किमी रन का, आउटपुट देने वाला बनाने का काम करना है। वनी ने बेहतरीन आईडिया रखा था, कि कौन-कौन से वेस्ट दवाइयों से बैटरी में कैमिकल का उपयोग हो सकता हैं, और लागत कम से कम करी जा सकती हैं। रोशन, वनी, स्टीव ने सोलर चार्जर के साथ-साथ, टायर के मूवमेंट से इलेक्ट्रिक जेनरेट करने वाले चार्जर के नये आइडिया पर भी, काम करना शुरू कर दिया था।

अब प्रोफ़ेसर अनिल ने बताया, कि वह प्रोफ़ेसर कंचन के साथ, कैसे मिलकर कार्य करने का प्रयास कर रहे हैं। उन्होंने कहा कि वह ऐसी हाईब्रिड कार मॉडल डिज़ाइन करने का प्रयास कर रहे हैं, जिसमें यह बैटरी टेस्ट की जाय और हम सब कामयाब हों। प्रोफ़ेसर कंचन को यह बहुत अच्छा लगा। उन्होंने इन्टरनेशनल ऑटो रिसर्च मीट, जो कि साइंस मीट, के ठीक तीन दिन के बाद शिकागो में थी, के लिये भी एप्लिकेशन डाल दी। कॉलेज का प्रोजेक्ट यहाँ भी चुन लिया गया। अब क्या था दोनों टीम खूब ज़ोर शोर से अपनी तैयारी कर रहीं थीं। उन्होंने सब तैयार होने के बाद कई बार टेस्टिंग भी कर लिया था। प्रोजेक्ट के लिए सरकार ने विशेष फंड दिया था। अब बस वह दिन आ ही गया, छः छात्र, दो प्रोफ़ेसर, पहुँच गए यूएसए। प्रोफ़ेसर अनिल की टीम में तीन छात्र, अभी, शिव, और मेरी थे।

सब मिशिगन विश्वविद्यालय, के होस्टल फ़्लैटो में रह रहे थे। प्रोफ़ेसर अनिल बहुत सीधे थे, उन्होंने सीधेपन में अपने पास के फ़्लैट में रहने वाले, दूसरे देश से आये हुई टीम के सदस्यों को, सब कुछ बता दिया। उस दूसरे देश की टीम ने, उनका सारा आईडिया, कॉपी करके, और उसको मौडीफाई करके, कार की सबसे बड़ी कम्पनियों में से एक कम्पनी को, औटो-रिसर्च-मीट से पहले ही सबमिट कर दिया। अब साइंस-रिसर्च-मीट, तीन दिन बाद था, और इन्टरनेशनल-औटो-रिसर्च-मीट, उसके तीन दिन बाद में। प्रोफ़ेसर अनिल ने, प्रोफ़ेसर कंचन, और अपनी दोनों टीम को सपोर्ट करना शुरू कर दिया था ज़ोर-शोर से।

दोनों प्रोफ़ेसर, और उनकी टीम, बहुत सच्चे, मेहनती और नेकदिल थे। प्रोफ़ेसर अनिल ने, प्रोफ़ेसर कंचन को, अपने पड़ोस में ठहरी हुई दूसरे देश की टीम, के बारे में बताया, और कहा कि, उन्हें जब मैंने अपने प्रोजेक्ट के बारे में बता रहा था, तो वह लोग बहुत खुश हुए। प्रोफ़ेसर कंचन ने कहा अनिल आप बहुत अच्छे इंसान हैं, पर सब लोग अच्छे नहीं होते। आपको प्रोजेक्ट के बारे में नहीं बताना चाहिए था।

फिर उन्होंने कहा आपने दोनों प्रोजेक्ट के बारे में बताया है या एक? तब प्रोफ़ेसर अनिल ने कहा, सिर्फ़ ऑटो रिसर्च वाले के बारे में। उन्हें मैंने वही सिर्फ़ दिखाया था, अपने लैपटॉप पर। बेचारे प्रोफ़ेसर को, यह नहीं पता चला कि दूसरे देश के प्रोफ़ेसर ने, हिडन कैमरे से सब कुछ कॉपी कर लिया था, और अपना सारा प्रोजेक्ट मोडिफाई करके कार की सबसे बड़ी कम्पनियों में से एक, को अप्रोच कर लिया था। प्रोफ़ेसर कंचन अनुभवी थे, और उन्हें इस बात का पूरा अंदाज़ा था। फिर भी उन्हें अपनी मेहनत और सच्चाई पर पूरा भरोसा था। उन्होंने प्रोफ़ेसर अनिल को कहा मुझे अंदेशा है कि वह लोग फ़ाउल प्ले करेंगे। पर "साँच को आँच नहीं"आप चिंता नहीं करें।

साइंस-रिसर्च-इनोवेशन-मीट पूरा हुआ, और कार की बड़ी कम्पनी की सिस्टर कम्पनी, जो इलेक्ट्रिक कारों के लिए बैटरी और चार्जर बनाती थी, ने वनी, रोशन और स्टीव के, प्रोजेक्ट को, पूरी तरह से डेवलप करने के लिये, पूरी फ़ंडिंग करी, और अपने यहाँ पढ़ाई पूरी करने के बाद, जॉयन करने का आफर दे दिया।

दूसरे देश की टीम ने, सोलर-एअर-कंडीशनर पर, काम किया था, साइंस-रिसर्च-मीट में। अब ऑटो-रिसर्च-मीट का दिन आया, तो सबने अपने-अपने प्रोजेक्ट प्रेज़ट किये। अब यह दोनों देश का सबसे बाद में प्रेजेन्टेशन था। पहले दूसरे देश की टीम ने अपने डिज़ाइन और प्रोजेक्ट पेश किया, सबने उसकी बहुत ही प्रशंसा की, और कार की सबसे बड़ी कम्पनियों में से एक ने, उन्हें अपने साथ जुड़ने वाले फ़ाइनल लिस्ट में शामिल कर लिया था। अब प्रोफ़ेसर अनिल को, प्रोफ़ेसर कंचन की बात समझ आगई, कि कैसे दूसरे देश की टीम ने, उनके साथ बहुत बड़ा धोखा किया था। पर जब प्रोफ़ेसर अनिल प्रोफ़ेसर कंचन की टीम ने अपनी डिज़ाइन दिखाई तो सबको दूसरे देश की टीम के डिज़ाइन से समानता लगने लगी। अब जजों ने कहा कि, यह तो बहुत ही एक समान हैं, क्या कॉपी किया है! या बस इत्तफ़ाक़ है। ख़ैर जो भी हो, जिसका बैटर होगा टेक्नीकली और इकनॉमिकली, हम उन्हें ही विनर मानेंगे।

दूसरे देश की टीम ने अपने मॉडल के सब फ़ीचर बता दिये, एक चार्ज में १२०० किमी रन, कॉम्पेक्ट डिज़ाइन स्टर्डी लुक, मज़बूत ग्रिप वाले टायर डिज़ाइन आदि-आदि। अब प्रोफ़ेसर अनिल और प्रोफ़ेसर कंचन की टीम ने, अपने डिज़ाइन की विशेषताएँ बतायी। अच्छा कॉम्पेक्ट- डिज़ाइन, मज़बूत, हाईब्रिड-मॉडल विथ डुअल-बैटरी- सिस्टम-टायर से जेनरेट होने वाली इलेक्ट्रिक एनर्जी का बैटरी के ऑटोमैटिक रीचार्जिंग में कन्वर्ट होना, जिससे कि माईलेज १२०० से बढ़कर १४०० हो जाता है, यह यूनिक रिसर्च थी, और यही टर्निंग प्वाइंट था, और सोलर चार्जर

और वेस्ट-दवाइयों के कैमिकल्स से बनी इकनॉमिकल बैटरी, उसे और बेहतर बना रहे थे, जिसे कार की उस बड़ी कम्पनी की बैटरी यूनिट ने, पहले ही सलेक्ट कर लिया था, अब तो प्रोफ़ेसर अनिल प्रोफ़ेसर कंचन का प्रोजेक्ट, सबसे बेहतरीन मॉडल चुना गया। अब प्रतियोगिता का, फ़ाइनल विनर मिल गया था।

जजों को सच्चाई, मेहनत, लगन, और दिमाग़ से किये कार्य का साफ़ पता चल गया था। और अंत में सच्चाई की जीत हुई थी। अब तो प्रोफ़ेसर अनिल ने, प्रोफ़ेसर कंचन को पकड़ कर गले लगा लिया, और बोला सच ही कहा सर आपने सत्य की जीत होती है। कोई भी नहीं छल सकता है सच को, "साँच को आँच नहीं"-"pure gold does not fear the flame"

7

मुख में राम बग़ल में छुरी

कवि ने नया कॉलेज जॉयन किया था। इलाहाबाद यूनिवर्सिटी से, मैथ्स में पीएचडी करने के बाद वह देहरादून आ गया था। और वहाँ के डिग्री कॉलेज में पढ़ाने लगा था। थोड़े से ही दिनों में, वह वहाँ बहुत पॉपुलर प्रोफ़ेसर बन चुका था। सभी छात्रों का पसंदीदा टीचर। जो छात्र उससे नहीं भी पढ़ते थे, वह भी उससे सलाह लेते थे और उसे बहुत पसंद करते थे। इस बात से उसके प्रिंसिपल और डिपार्टमेंट हैड बहुत प्रसन्न थे। पर कुछ सीनियर प्रोफ़ेसर उससे जलते भी थे।कवि को किसी भी बात से कोई फ़र्क़ नहीं पड़ता था। उसका तो एक ही मक़सद था कि छात्रों को अच्छा करना, अच्छा पढ़ाना, जो भी नये तरीक़े आयें, नई शोध हो उनके बारे में बताना।

प्रिंसिपल ने दो साल बीतने के बाद कवि को, बॉयेस होस्टल का डीन बना दिया। अब तो जो टीचर कवि से ईर्ष्या करते थे, और भी ज़्यादा जलने लगे थे। कवि ने अपने हैड-आफ़-डिपार्टमेंट से कहा, कि सर मैं छात्रों को वेदिक मैथ्स, एक मानसिक अभ्यास के तौर पर, और उसके विकसित तरीक़ो को, एक विशेष ज्ञान के रूप में सिखाना चाहता हूँ, पर बिना स्कोरिंग का विषय रखना की तरह रखना चाहता हूँ। वह छात्रों के मेंटल अभ्यास पर, ध्यान देने के लिए हमेशा अग्रसर रहता था।

प्रिंसिपल ने कवि के हेड आफ़ डिपार्टमेंट को बुलाकर इस विषय पर बात कर कहा कि हमें छात्रों की सहमति ले लेनी चाहिए लिखित में। फिर हम इसे मैनेजमेंट से पारित करा कर, कॉलेज की तरफ़ से छात्रों के मानसिक अभ्यास के लिए, फ्री

ऑप्शनल विषय रख लेंगे। इस बीच आप अपने डिपार्टमेंट के अन्य टीचरों को और दूसरे डिपार्टमेंट के टीचरों को बता कर, छात्रों का मत ले लीजिए। कवि के हैड-आफ़-डिपार्टमेंट ने कवि को यह बात बताई, और अपने डिपार्टमेंट के सब टीचरों को, कॉलेज के समापन के बाद अपने केबिन में मिलने के लिये कहा। सब टीचरों ने अपनी सहमति दिखाई, पर शर्मा सर को थोड़ी आपत्ति थी। उन्होंने कहा छात्रों पर बेवजह और बोझा पड़ेगा, और जो छात्र पढ़ाई से भागने की कोशिश करते हैं वह टाईम पास के तौर पर इसे लेंगे। इससे कॉलेज के परीक्षाफल पर असर आयेगा। तब कवि ने कहा सर यह हम सिर्फ़ वीकेंड पर सिखायेंगे, और वह भी सिर्फ़ मेंटल अभ्यास की तरह। शर्मा सर उपरी मन से मान गए और उन्होंने हामी भर दी। कवि को एहसास था, कि शर्मा सर उपरी मन से ही कह रहें हैं। अगले दिन अन्य डिपार्टमेंट के, टीचरों से भी बात की गई इस विषय पर। सबने ख़ुशी-ख़ुशी इस पर सहमति जताई, और वीकेंड पर पढ़ाने के लिए, छात्रों से मत लेने के लिए तैयार होगये। शर्मा सर ने कवि को कहा, चलो अच्छा है तुमने कुछ नया करने का सोचा, और सब मान गए, अब बस छात्रों को अपनी सहमति देनी है। फिर मैनेजमेंट की सहमति से सब शुरू हो जाएगा। पर मन ही मन उन्हें बहुत ज़्यादा ईर्ष्या हो रही थी। उन्होंने अपने कुछ छात्रों को भड़काने की कोशिश भी की, और बोला कि, कवि सर ज़बर्दस्ती का प्रेशर डालना चाहते हैं। धीरे-धीरे आप लोगों से ट्यूशन पढ़ने के लिये कहेंगे, छिपे तौर पर अपने पैसे बनाने की कोशिश करेंगे। इतना वह बोल ही रहे थे, कि सामने कवि को उन्होंने क्लास के बाहर खड़े देखा, वह अन्दर आने की आज्ञा माँग रहे थे। शर्मा सर झेंप गये, और उन्होंने कवि को अन्दर आने को कहा, और छात्रों से बोला, भई सर आप लोगों को वैदिक मैथ्स सिखायेंगे, अपना-अपना मत देना।

कवि ने शर्मा सर की पहिले की कही सब बातों, को सुन लिया था। उसे अब समझ आ रहा था, कि शर्मा सर ऊपर से मीठे बोल कह रहे हैं, पर पीछे से कुछ और ही बोल रहे थे, "मुख में राम बग़ल में छुरी"-"A honey tongue a heart of gall" वाली बात याद आयी कवि को। छात्रों ने कवि के पक्ष में मत दिया, मैनेजमेंट ने भी अपनी सहमति दे दी। कवि छात्रों को अगले महीने से वैदिक मैथ्स पढ़ाने लगा।

8

यथा राजा तथा प्रजा

यथा राजा तथा प्रजाः तूलिका

वती ने नई कम्पनी जॉयन की थी। हैदराबाद में उसका ऑफिस था। कम्पनी का हेड ऑफिस न्यूयार्क में था। वती के लिए सब कुछ नया था। नये लोग नई जगह। वती को रहने के लिए अपार्टमेंट अपनी कलीग़ काँची के साथ, ऑफिस के पास ही में पाँच मिनट के वाकिंग दूरी पर, ही मिल गया था। वती के साथ, काँची रह रही थीं। दोनों को एक ही प्रोजेक्ट पर काम करना था, काँची, वती से तीन दिन पहले ही आयी थी। उसने वती को सैटेल होने में बहुत मदद की।

सोमवार को वती और काँची का, कम्पनी में पहला दिन था। वती काँची जल्दी ही बना खाकर सो गए, दूसरे दिन ऑफिस जाने के लिए, जल्दी उठना था। दोनों जल्दी-जल्दी उठकर, तैयार होकर, आधे घंटे पहले ही ऑफिस पहुँच गये। एचआर हैड ने उनका स्वागत किया और जॉयनिंग की सब औपचारिकताओं को, पूरा करवाने के बाद, उनके प्रोजेक्ट-हैड के पास पहुँचा दिया।प्रोजेक्ट-हैड ने उन्हें सबसे मिलाया, उन्होंने, उन दोनों को प्रोजेक्ट के बारे में सब कुछ बताया।फिर उन दोनों को उनके बैठने की जगह बतायो। दोनों को एक ही क्यूबिकल में बैठने को मिला। सामने वाले क्यूबिकल में उनके दो सीनियर्स बैठते थे, बीच में प्रोजेक्ट हेड का केबिन था। आगे दूसरे प्रोजेक्टस की टीमें सिमिलर पैटर्न के अरेंजमेंट में बैठतीं थी।

आफिस बहुत ख़ूबसूरत और सब व्यवस्थित था। वती और काँची ने, सुना था इंडियन ऑफिस बहुत प्रोफ़िट करता था। सबसे ज़्यादा प्रोफ़िट कम्पनी इंडियन ऑफिस से हैंडल होने वाले प्रोजेक्टों से कमाती थी। अगले दिन भी दोनों ने ऑफिस जल्दी जाने का विचार किया और आधा घंटे पहले ही ऑफिस पहुँच गये दोनों।

जब वह दोनों पहुँचे, तो उन्होंने देखा, कि सब लोग लगभग उसी समय पर पहुँच चुके थे। प्रोजेक्ट हेड्स भी, इंडियन ऑफिस का हेड भी। ऑफिस का समय शुरू होते ही, सब अपने कार्य में व्यस्त हो जाते थे। धीरे-धीरे वती और काँची को, समझ में आने लगा, कि सब जल्दी आते और अपने-अपने कार्य में लग जाते हैं, और प्रोजेक्ट्स को समय से पहले ही समाप्त करने की कोशिश करते थे। इंडियन हैड बहुत डेडीकेटेड था। वह हमेशा समय से पूर्व आते थे, और हर प्रोजेक्ट को समय से पूर्व करने का प्रयास करते। अब वती और काँची को समझ आने लगा, कि सब लोग इस ऑफिस में जल्दी क्यों आते हैं, सब प्रोजेक्ट्स जल्दी पूरा करने की कोशिश करते थे, क्योंकि बॉस ही ऐसे थे जल्दी आते थे, कार्य समय से पहले समाप्त करने का पूरा प्रयास करते थे।जिससे ज़्यादा से ज़्यादा मुनाफ़ा कमाया जा सके।

अब वती ने काँची से कहा माँ पापा कहते है "**यथा राजा तथा प्रजा** "As the kings so are the subjects" बॉस जैसा करते हैं वैसा सब करते हैं। तभी यहाँ से हमेशा प्राफिट होता है।

९

ऊँची दुकान फीका पकवान

ऊँची दुकान फीका पकवान: तूलिका

विद्वान को, अपनी आगे की स्टडीज़ के लिये विदेश जाना था। उसने अपनी एरोनॉटिकल-इन्जीनियरिंग की डिग्री बहुत अव्वल दर्ज़े से पास की थी। और उसका एडमिशन भी, उसकी मन चाही सभी टॉप यूनिवर्सिटीयों में हो गया था। उसने उनमें से एक अपनी मनपसंद की, टॉप यूनिवर्सिटी में अपना एडमिशन बुक कर पक्का लिया था।

अब बस विद्धान के जाने की तैयारियाँ शुरू हो गई थी, ज़ोर-शोर से। उसके पापा ने सब समान उसे अच्छे से अच्छा दिलाने की पूरी तरह कोशिश की, जिससे विद्वान को किसी भी तरह की परेशानी न हो। अब जब फ़्लाइट बुकिंग की बात आई तो, विद्वान ने अपने अन्य दोस्तों से, जो उसके साथ ही उसी यूनिवर्सिटी में जा रहे थे, से परामर्श किया। तरुन और रोशन के पापा ने दुनिया की सबसे अच्छी जानी जानने वाली, कुछ एयरलाइंस में से, एक को चुनने का निर्णय लिया, और सबकी सहमति से एक सबसे नामी एयरलाइंस में से, एक एयरलाइंस को फ़ाइनल करके, टिकट बुक कर दिये। अब सबके जाने का दिन, पास आता जा रह था। एयरलाइंस के नख़रे चालू हो गये, यह समान इस साईज़ का होना चाहिए, इतने वजन का होना चाहिए, आदि-आदि। ख़ैर यह तो सभी इंटरनेशनल एयरलाइंस के, कुछ न कुछ ज़रूरी नियम थे, अन्तर्राष्ट्रीय उड़ान क़ानून के हिसाब से। पर विद्वान, तरुन, और रोशन, की एयरलाइंस की तमाम सारी कॉर्डिनेशन समस्या थी, लोकल ऑफिस का रिस्पांस, बहुत ही ज़्यादा बेकार था। सबने जैसे-तैसे सब

कॉर्डिनेट किया। अब सबने सोचा चलो फ़्लाइट में सब अच्छा रहेगा, फ़्लाइट कम्फ़र्टेबिल तो बहुत थी पर भोजन उतना अच्छा नहीं था। पायलट को-पायलट ज़रूर अच्छे थे पर बाक़ी फ़्लाइट अटैनडिंग स्टाफ़ ठीक-ठीक था।

विद्वान, तरुन, और रोशन को, अब समझ आ रहा था, नाम तो बहुत बड़ा था एयरलाइंस का, पर सुविधाएँ साधारण से भी ज़्यादा साधारण, बल्कि कुछ तो साधारण स्तर से भी नीचे की थीं। विद्वान ने, रोशन और तरुन की ओर देखकर बोला, भई यह तो बस बड़े नाम ही वाली एयरलाइंस है, पर हक़ीक़त में बिल्कुल फीकी "नाम बड़े दर्शन छोटे", या यूँ बोलो मॉ पापा जो बोलते हैं, "ऊँची दुकान फीका पकवान",- "Great cry little wool". अब उन्हें मैं ज़रूर ही यह बोलूँगा, कि कभी भी इस एयरलाइंस की, किसी भी फ़्लाइट से न ट्रेवल करें।

10

दूर के ढोल सुहावने होते हैं

दूर के ढोल सुहावने होते हैं: रंजन

"सजना है मुझे सजना के लिए ..... ", मां के फ़ोन की घंटी सुन कर उसकी आँखे खुद-ब-खुद घड़ी पर गयीं, शाम के चार बजे थे, मतलब मां की प्रिय सहेली नमिता आंटी का फ़ोन होगा। एक तरफ तो वह खुश हुई कि मां का आधा घंटा फ़ोन पर बात करने में कटेगा और मां प्रसन्नचित्त हो जाएँगी, परन्तु दूसरी तरफ,उसे चिंता हुई कि आंटी आज अपनी बेटी ज्योति की न जाने किस खूबी का बखान करेंगी और फिर उसे मां के ताने सुनने पड़ेंगे। ज्योति उसकी हमउम्र, एक प्यारी और प्रतिभावान लड़की थी। परन्तु जब भी आंटी, ज्योति के हर काम की तारीफ बढ़ा - चढ़ा कर करती थी, मां को अपनी बेटी में कमियां नज़र आने लगाती थीं ।

ऐसे तो उसका जीवन ठीक-ठाक रूप से चल रहा था, उसे पढाई में भी आनंद आता था और खेल-कूद में भी। वह कक्षा में प्रथम तो नहीं आती थी परन्तु बिना किसी अतिरिक्त ट्यूशन के अच्छे नंबर आ जाते थे, अंग्रेजी साहित्य व हिंदी साहित्य विषयों में उसे खास रूचि थी। खेल में उसे बास्केट बॉल बहुत पसंद था और अपनी स्कूल टीम में खेलती थी। कुल मिला कर, उसके माता पिता उससे संतुष्ट थे। परन्तु ऐसी कोई खूबी नहीं थी जिसका बखान किया जा सके। दूसरी ओर नमिता आंटी थीं जो अवसर आते ही अपनी बेटी की तारीफों के पुल बांधने लगाती थीं। ऐसा लगता था कि उनकी बेटी एक लड़की न होकर प्रतिभाओं की टोकरी थी।

उसे ज्योति से कोई शिकायत नहीं, बात सिर्फ यह थी कि उसकी और ज्योति की रुचियाँ अलग हैं। ज्योति एक प्यारी, बेहद पढ़ाकू, अंतर्मुखी और घर के कार्यों में रूचि रखने वाली लड़की थी। नमिता आंटी हर समय ज्योति की खूबियों का बखान करती रहती थीं। मां भी नमिता आंटी की हर बात पर अक्षरशः विश्वास करती थीं। नमिता आंटी बतातीं कि ज्योति अपना कमरा साफ व सजा हुआ रखती है, बहुत सुघड़ है, उसने वीणा बजाना सीख लिया है, केक बहुत स्वादिष्ट बनाती है, काम वाली के बच्चों को पढाती है और हाँ रोज सुबह-शाम भजन गाती है, इत्यादि, इत्यादि। अर्थात ऐसे सारे गुण जो एक मां अपनी बेटी में देखना चाहती है। ऐसी बातें सुन कर माँ को वह एक औसत, फूहड़ व बिगड़ी हुई बच्ची नजर आती।

एक दिन वह मां के साथ कपड़े लेने बाजार गयी, वहां से नमिता आंटी का घर पास था, सोचा क्यों न आंटी को अचानक घर पहुँच कर चौंका दिया जाये। बहुत भूख लगने का बहाना कर उसने माँ को आंटी के घर चलने को मना लिया और फ़ोन भी नहीं करने दिया।

जैसी उसने भगवान से प्रार्थना की थी, आंटी को तो नहीं परन्तु मां को एक बड़ा सरप्राइज मिला, आंटी घर पर नहीं थीं। उन्हें अचानक अपने भाई के घर जाना पड़ा था। पूरा घर अस्त-व्यस्त था, हॉल में मेज पर आधी खायी मैगी की प्लेट रखी थी। ज्योति का कमरा बेतरतीब था, मां ने चाय की इच्छा जाहिर की तो उसने जवाब दिया कि उसे चाय बनानी नहीं आती। वह अपना मोबाइल उठा कर अपने दोस्तों से बात करने अपने कमरे में चली गयी। साफ़ पता चल रहा था कि वह मेहमानों के अचानक घर आने की स्थिति का सामना करने में असमर्थ थी।

मां अवाक् थी पर वह बहुत खुश कि अब उसे मां के ताने नहीं सुनने पड़ेंगे। मां भी समझ गयी थीं कि "दूर के ढोल सुहावने होते हैं"।

11

डूबते को तिनके का सहारा

डूबते को तिनके का सहारा: तूलिका

रम्या और तन्मय, अभी कुछ दिन पहले ही, अपने नये फ़्लैट में, अपनी छोटी सी बेटी वनु, के साथ रहने के लिये आगए थे।

अभी तक, कभी रम्या के मॉ-पापा, तो कभी तन्मय के मॉ-पापा, बारी-बारी से कुछ-कुछ महीनों के लिए, आकर रह जाते थे। वनु धीरे-धीरे बड़ी होने लग गई थी। रम्या और तन्मय, दोनों के ही मॉ-पापा भी, अब बूढ़े होने लगे थे। तो अब उन लोगों का, रम्या और तन्मय के पास, आना-जाना बहुत ज़्यादा मुश्किल होता चला जा रहा था।

वनु को अब डेकेयर में छोड़कर आने के अलावा, कोई और उपाय नहीं दिख रहा था। थोड़े दिनों तक तो रम्या ने अपने घर से, वर्क फ़्राम होम करने का पूरा प्रयास किया, पर धीरे-धीरे उसकी कम्पनी ने उसे आफ़िस में आने के लिये, दवाब डालना शुरू कर दिया था। रम्या का मन, वनु को बिलकुल भी, किसी भी हाल में, डेकेयर में छोड़ने का नहीं था।

अब रम्या ने नौकरी छोड़ने का पूरा मन बना लिया था, कि चाहे कुछ भी हो जाय, मैं वनु को, डेकेयर में नहीं छोड़ूँगी। उसने अपने मन की यह बात तन्मय से कही। तन्मय ने उसकी इस बात को सुनकर अपनी पूरी सहमति ज़ाहिर करी, और उसका पूरा समर्थन किया, और तब रम्या से तन्मय ने कहा, कि तुम मेरी कम्पनी में एक अपनी जॉब एप्लिकेशन डाल दो। मेरी कम्पनी में एक नया प्रोजेक्ट बहुत जल्दी ही आ रहा है। उसकी मेन बॉस भी एक फ़ीमेल है, और उन्होंने भी आफ़िस

में ही डेकेयर को बनाने के लिए पहले से ही सारा इन्तज़ाम कर लिया है। इस माह के अन्त तक सब कुछ रेडी हो जायेगा।

रम्या को क्या चाहिए था, बस यह बात सुनकर उसकी तो ख़ुशी का ठिकाना ही नहीं था। उसे याद आया कि उसने, अपने बचपन में एक मशहूर कहावत पढ़ी थी, वह साकार होते दिखाई दे रही थी, "डूबते को तिनके का सहारा" -"Drowning man catches at straw". बस अब क्या था, उसने फटाफट अपनी जॉब के लिये एप्लिकेशन, तन्मय की कम्पनी में डाल दी। बस कुछ ही दिनों में, रम्या को तन्मय की कम्पनी में जॉब मिल गई, और उनकी सब समस्याओं का एक साथ ही समाधान हो गया।

12

अब बोए पेड़ बबूल के तो आम कहाँ से होय

अब बोए पेड़ बबूल के तो आम कहाँ से होयः तूलिका

अभिनव और राधा दोनों का, विवाह हुये चार वर्ष हो चुके थे। दोनों एक ही जगह कार्य करते थे। कम्पनी की तरफ़ से उन्हें फ़्लैट मिला हुआ था। जिस कॉम्पलैक्स में फ़्लैट मिला था, वह उनकी कम्पनी ने, पूरा का पूरा कॉम्पलैक्स अपने इम्पलाईस के लिए लेकर रखा था। पड़ौस में उनके कलीग़ केतन और दीपिका रहते थे। चारों ही लोगों ने कम्पनी एक साथ जॉयन की थी। चारों में अच्छा दोस्ताना था।

कुछ साल बाद राधा और दीपिका के बच्चे हुये। दोनों के घर लड़के हुये थे।एक सप्ताह के अन्तराल में। दोनों के बच्चे बड़े होने लगे एक साथ। समय धीरे-धीरे आगे बढ़ने लगा। राधा ने अपने बच्चे का नाम अभीष्ट रखा, दीपिका ने अपने बच्चे का कारक रखा। दोनों बच्चे अब एक ही स्कूल में जाने लगे। अभीष्ट पर राधा और अभिनव बहुत ध्यान देते। अच्छी बातें बताना, साथ में रोज़ बैठकर पढ़ाई कराना, या वह लोग अपने अन्य कार्य करते थे, तो भी अभीष्ट अपना सब कार्य समय से करता था।

एक दिन अचानक अभीष्ट ने राधा से बताया कि कारक ने अभी काश नाम के लड़के से बहुत अच्छी दोस्ती करली है। कारक को काश रोज़ कुछ गिफ़्ट देता रहता है। आजकल जब तब कारक होमवर्क भी नहीं पूरा करता है, और स्कूल में मुझसे लेकर, मेरे सब होमवर्क की कापी करके सबमिट कर देता है। राधा अभिनव को यह सुनकर अच्छा नहीं लगा। अभिनव और राधा ने निर्णय लिया, कि वह

केतन और दीपिका से इस बारे में बात करेंगे। मौक़ा देखकर एक वीकेंड की शाम को जब सब नीचे गार्डन में मिले तो, और जब बच्चे खेलने चले गये तो, अभिनय और राधा ने, केतन और दीपिका से, बात किया कारक के बारे में। दीपिका को तो थोड़ा समझ आया पर केतन ने बात टाल कर इसे हल्के से लिया। उसने कहा कोई नहीं अभिनव, अभी तो यह लोग बच्चे हैं। हम लोग तो कुछ नहीं कर पाए, अब इन्हें अपनी ज़िन्दगी में सब सुख लेने देना चाहिए। अभिनव राधा चुप हो गये, दीपिका ने थोड़ा सोचा, पर केतन के बोलने पर, बात की गहराई को वह भी नहीं समझ पायी। हालाँकि दीपिका अब कारक से थोड़ी पूछताछ करती थी, पर हमेशा कारक बात बना कर निकल जाता था। केतन हमेशा कारक की तरफ़दारी करता और दीपिका को ज़्यादा कुछ कहने नहीं देता था।

समय निकलता गया, काश ने कारक को बहुत सारी बुरी आदतों में फँसा दिया था। बच्चे बड़े हो चले थे, अब दसवीं के बोर्ड परीक्षा थी। अभीष्ट अपनी पढ़ाई में बहुत ज़ोर शोर से लगा हुआ था। कारक पढ़ाई के बहाने काश के साथ टाईम पास करता रहता था। दीपिका ने समझाने की पूरी कोशिश की, पर कारक उसकी एक नहीं सुनता था। केतन से जब भी दीपिका कहती, कारक बात बनाकर वहाँ से चला जाता। परीक्षा की डेटशीट आगई थी। परीक्षा शुरू होगयी, अभीष्ट और कारक दोनों की अलग-अलग हॉल में सीट थी। काश और कारक एक ही हाल में थे। जैसे- तैसे दोनों ने परीक्षा पूरी करी। केतन जब भी कारक से पूछताछ करता पेपर कैसे हुए वह उससे झूठ बोल देता था, कि अच्छे हुए हैं। अब परिणाम आने वाले थे। अभीष्ट ने टॉप किया था। कारक पास हो गया था पर मार्क्स बहुत कम आए थे। अब केतन ने जब कारक से पूछा कि मार्क्स क्यों कम आये। तो उसने केतन को जवाब दिया पापा अब पेपर टफ थे, पास हो गया, वहीं क्या कम है। आगे मेरा कोई पढ़ाई करने का इरादा नहीं है। यही बहुत बड़ी बात है, कि मैं आपके कहने से ग्रेजुएशन कर लूँगा बस, यही आप अपने पर बहुत एहसान समझें।

केतन को अब समझ आ रहा था कि उसने अपनी झूठी अहम, अकड़, दिखावे, की वजह से ऐसे हालात बना लिये थे। यदि उसने पहले ही ध्यान दिया होता तो यह सब नहीं देखना सुनना पड़ता। वह सोच रहा था कि यह सही ही कहा गया है, कि **"अब बोए पेड़ बबूल के तो आम कहाँ से होय"।**

13

अफ़लातून का नाती

अफ़लातून का नाती: तूलिका

मार्क और रोबर्ट, दोनों चचेरे भाई थे। दोनों की उम्र में कुछ माह का ही फर्क था। दोनों की परवरिश एक साथ हुई थी, क्योंकि उनके दादा जी ने, अपने दोनों लड़कों को, अपना सारा कारोबार सौंप दिया था। मार्क और रोबर्ट दोनों के पिता लोग, जो कि दोनों जुड़वाँ भाई थे, ने बड़े प्यार से साथ मिलकर, अपने पुश्तैनी पेन बनाने के कारोबार को बहुत ही ज़्यादा आगे बढ़ाया था।

आज हैरी और विलियम्स की कंपनी दुनिया की जानी मानी पेन ब्रांड्स मैन्युफैक्चरिंग कंपनी थी। उन लोगों ने, अपना बिज़नेस बहुत मेहनत से आगे बढ़ाया था। अपने पिता जॉनसन की सीख का हमेशा सम्मान किया था। मार्क और रोबर्ट को भी उन लोगो ने ऐसी ही सीख दी थी, कि व्यापार की उन्नति तभी संभव है, जब पूरी लगन से स्वयं के ही फायदे नहीं, बल्कि समाज के हितों को ध्यान में रखते हुए कार्य करोगे, तो हमेशा आगे बढ़ोगे ही, बल्कि आगे भी सबकी उन्नति, करने में भी सहायता करोगे।

अब मार्क और रोबर्ट बड़े हो चले थे, दोनों ने अपनी पढ़ाई पूरी करने के बाद, बिज़नेस में हाथ बँटाना शुरू कर दिया था। दोनों ही अपने पिताओं की तरह, बहुत ही होनहार थे, कि उन दोनों ने पूरा कारोबार संभाल लिया।

शुरू में तो सब ठीक चलता रहा और दोनों भाई और कंपनी आगे उन्नति करते रहे। पर धीरे धीरे रोबर्ट थोड़ा अलग होने लगा। उसकी कुछ ऐसे लोगों के साथ संगति हो गयी, कि वह लोग उसे थोड़ा-थोड़ा भड़काने लगे। अब रोबर्ट को अपना फायदा, अपना-तेरी करने की आदत सी होने लगी थी। वह कोई भी कार्य करने के पहले, अपने बारे में सोचने लगता। वहीं मार्क धीरे- धीरे इसका उल्टा होता जा रहा

था। वह सबको, साथ लेकर चलना चाहता था, सब एम्प्लाइज का ध्यान रखता था।

अब उनकी कंपनी को २५ वर्ष पूरे होने जा रहे थे, इस वर्ष के अंत में, तो मार्क ने अपने दादा जी, पिता, और चाचा, से बात करके, सभी एम्प्लाइज को २५% सैलरी रेज देने का प्लान बनाया। वह अब रोबर्ट का इंतज़ार कर रहा था, इस प्लान को इम्प्लीमेंट करने के लिए। रोबर्ट टेक्नोलॉजी के एडवांसमेन्ट की कांफ्रेंस अटेंड करने के लिए, अमेरिका और जर्मनी गया था। वह अगले दो दिनों के बाद ही लौटने वाला था। दो दिनों के बाद रोबर्ट जब वापस आया, तो उसने बहुत खुश होकर अपनी कांफ्रेंस के बारे में, अपने परिवार सब को बताया। और उसने टेक्नोलॉजी के एडवांसमेंट की प्लानिंग के बारे में भी बताया। मार्क, उसके दादा,पापा, चाचा, सब बहुत खुश हुए।

मार्क ने अपने भाई को, टेक्नोलॉजी एडवांसमेंट के प्रोजेक्ट पर लगने को कहा और पूरा सपोर्ट देने का वायदा किया। फिर मार्क ने अपना प्लान बताया, कि वह कैसे एम्प्लाइज को, बेनिफिट्स देना चाहता है। उसका कहना था, कि एम्प्लाइज को बेनिफिट्स देंगे, तो वह और भी मन लगाकर कार्य करेंगे, और हमारा हर तरह से अच्छा होगा। पर रोबर्ट अब "**अफलातून का नाती बन चुका था**", वह सिर्फ, अपने ही बारे में सोचने लगा था। उसे सिर्फ, अपना ही फायदा दिखता था। उसने कहा नहीं हम अपने पैसे और मुनाफा, नयी टेक्नोलॉजी में लगाएंगे। मार्क को सुनकर बहुत दुःख हुआ, उसने निश्चय किया कि वह रोबर्ट को समझायेगा। और यदि रोबर्ट नहीं मानता है तो वह कुछ भी करके अपने हिस्से के सारे मुनाफे से, एम्प्लाइज के लिए ज़रूर कुछ करेगा। जब उसने रोबर्ट को समझाना चाहा, तो उसने साफ़-साफ़ कहा, भाई तुम्हे जो करना है करो। मैं तो अपना सारा मुनाफा, टेक्नोलॉजी में ही लगाऊंगा। तुम जिस हिसाब से इसमें हेल्प करोगे, अगली बार हम मुनाफा वैसे ही बाँटेंगे। मार्क कुछ नहीं बोला, उसने कहा ठीक है भाई।

मार्क ने फिर अपने दादा जी को सारी बात बताई। दादाजी ने मार्क से कहा, तुम चिंता मत करो मेरे हिस्से के सारे मुनाफे से, तुम एम्प्लाइज को २५% इन्क्रीमेंट देने की तैयारी करो। तभी उसके चाचा विलिएम्स भी आगये, उन्होंने जब सारी बात जानी, तो उन्होंने भी अपना मुनाफा मार्क को लेने को कहा, और एम्प्लाइज को बेनिफिट देने को बोला। फिर मार्क के पापा भी अपना मुनाफा देने को तैयार होगए। मार्क के दादाजी ने, मार्क को उसके मुनाफे का कुछ हिस्सा, रोबर्ट के साथ टेक्नोलॉजी पर लगाने को कहा। अब मार्क ने सारा अरेंजमेंट कर लिया। फिर उसने रोबर्ट को, अपने मुनाफे का आधा हिस्सा, टेक्नोलॉजी में लगाने को दे दिया।और

उसे बताया कि वह अब एम्प्लाइज बेनिफिट अन्नोउंस करने जा रहा है, दादाजी, पापा, चाचा ने उसे हेल्प की है, अपने-अपने मुनाफे के हिस्से से।

यह सुनकर, रोबर्ट को अपनी सोच और कहे पर बहुत ग्लानि हुई। उसने अपने भाई से क्षमा माँगी। मार्क ने उसे क्षमा कर दिया, और गले से लगा लिया। फिर रोबर्ट ने अपने पापा, दादाजी, चाचा सबसे क्षमा माँगी, और मुनाफे को मिलजुलकर बाँटने के लिए वायदा किया। साथ ही फिर कभी भी ऐसी सोच, दिमाग में न लाने का वायदा किया। साथ ही उसने अपने कुछ गलत साथियों से, जो उसे गलत सलाह देते थे, हमेशा-हमेशा के लिये नाता तोड़ लिया।

14

आप भले तो जग भला

आप भले तो जग भलाः तूलिका

वनी और आरू, दोनों जुड़वा भाई बहन थे। उनके माँ पापा ने, हमेशा उन्हें अच्छी-अच्छी बातें बताई थीं। दोनों अपनी पढ़ाई करने के लिए, अमेरिका चले गये। दोनों एक ही यूनिवर्सिटी में, अपनी पढ़ाई कर रहे थे।वनी बायो-एआई में पढ़ाई कर रही थी, और आरू कम्प्यूटर साइंस में पढ़ाई कर रहा था।

हमेशा अच्छा सोचना, अच्छा करने का प्रयास करना, उन दोनों न अपने माँ-पिता से, अपने बड़े जनों से सीखा था। रंग भेद, जाति भेद, कभी भी उनके दिमाग़ में नहीं आया। सब लोग अपने-अपने अनुभव बताते थे, अमेरिका में रहने के, पर वनी आरू हमेशा सबसे मिल-जुलकर ही रहते थे। जो हो पाता था, हमेशा ही मदद करने की पूरी कोशिश करते थे।

एक दिन अपने क्लास से लौटने के समय वनी, कैंपस के बाहर वाले गार्डन में बैठकर, आरू का इन्तज़ार कर रही थी। तभी उसने एक वृद्ध महिला को, परेशान होकर पास वाले बैंच पर बैठते देखा। थोड़ी सी देर में, वह महिला ज़ोर-ज़ोर से साँस लेने लगी। वनी को लगा, कि उनको प्यास लगी थी, उसने जल्दी से उन्हें अपनी बोतल से पानी पिलाया। उस वृद्ध महिला ने उसे धन्यवाद दिया। वनी ने देखा, कि वह उठकर जाने की कोशिश कर रही थी, पर उससे खड़ा ही नहीं हुआ जा रहा था। वनी ने उससे बैठे रहने के लिए बोला। और कहा आप रुकिये, मेरा भाई अभी दस मिनट में ही आने वाला है, हम आपको आपके घर छोड़कर आयेंगे। महिला ने उसकी बात मान ली और वह वहीं बैठ गई। उसने आरू के आने पर, उस महिला को उनके घर पर पहुँचा दिया।

कुछ दिनों के बाद, वनी और आरू वीकेंड पर सामान लेने गए। लौटते में उन्हें थोड़ी सी देर होगयी, जाड़े की रात थी। शटल आने में अभी कुछ वक़्त था। शटल स्टैंड, थोड़ा सुनसान सा था। अचानक एक ब्लैक व्यक्ति, वनी और आरू को अपनी तरफ़ आते हुए दिखाई दिया। दोनों को, थोड़ा डर सा लगा। उस ब्लेक व्यक्ति ने पास आकर बोला, आप लोग डरें नहीं मैं आपको कोई भी नुक़सान नहीं पहुँचाऊँगा। मेरा नाम रिचर्ड है, मैं आपके साथ तब तक यहाँ पर खड़ा रहूँगा, जब तक आप लोग, शटल में नहीं चढ़ेंगे। वह कहने लगा, कि उसकी ब्लैक कम्युनिटी के कुछ लोग हैं, जो कि बहुत ज़्यादा परेशान हो जाते हैं, बेरोज़गारी से या या ग़रीबी से, या फिर कभी ग़लत रास्ते में पड़ जाते हैं, तो बस लूटपाट करते हैं। आप लोगों ने मुझे पहचाना नहीं, आप लोग, मेरी दादी को उस दिन घर छोड़कर गए थे, जब उन्हें चक्कर आ रहे थे, आप लोगों ने मेरी दादी की जान बचाकर, हम पर बहुत बड़ा उपकार किया है।

उस दिन, जब तक मैं अपनी शॉप से घर पहुँचता, आप लोग वहाँ से निकल चुके थे। मेरी शॉप, मेरे घर के ठीक सामने है, मैंने आपको देख लिया था। आप लोग, आज जब इन्डियन् स्टोर आये, तो आप लोगों को मैंने देखा, इसलिए ही मैं यहाँ चला आया हूँ। आप मेरा मोबाइल नंबर ले लीजिए, और जब भी आप इधर आयें, मुझे अवश्य कॉल कर लिया करें। यहाँ छोटी-मोटी घटनाएँ होती ही रहती हैं। आज ही किसी की घड़ी छिनते-छिनते बच गयी। वनी, आरू ने, यह सुनकर, रिचर्ड से, उसका मोबाइल नम्बर ले लिया, और उसको धन्यवाद दिया। तब तक शटल भी आगई थी, दोनों अपने अपार्टमेंट में वापस आगये थे।

दोनों को अपने मॉ-पिता जी की कहीं यह बात याद आयी कि, "आप भले तो जग भला" -"Good mind good find" दोनों एक-दूसरे से बोले, सच में हमने अच्छा करने का प्रयास किया तो अच्छा ही मिला।

15

ओस चाटने से प्यास नहीं बुझती

ओस चाटने से प्यास नहीं बुझती: रंजन

मिसेज सक्सेना अपनी बालकनी में बैठ कर चाय का आनंद ले रहीं थीं। मिस्टर सक्सेना ऑफिस चले गए थे और बच्चे स्कूल। सुबह की आपाधापी खत्म हो गयी थी। अब इंतज़ार था कमला का, कमला जो तीन साल से उनके घर का काम-काज संभाल रही थी। समय की पाबंद, कार्यकुशल और खुशमिज़ाज़। पिछले दस वर्षों में पहली बार उनको एक अच्छी काम वाली मिली थी। पति के स्थानांतरण वाले कार्य के कारण हर बार उन्हें नयी काम वाली ढूंढनी पड़ती और काम सिखाना पड़ता। पर कमला को कुछ सिखाना नहीं पड़ा। उसके अभ्यस्त हाथों और पैनी आँखों ने मिसेज सक्सेना के घर व्यवस्थित रखने के तौर तरीके जल्दी सीख लिए।

जैसे ही घंटी बजी, मिसेज सक्सेना ने तत्पर दरवाज़ा खोल दिया पर यह क्या..? प्रतिदिन चहक कर 'गुड मॉर्निंग' बोलने वाली कमला आज बुझी-बुझी लग रही थी। मिसेज सक्सेना समझ गयीं कि जरूर कुछ बात है। कोई तो परेशानी है, शायद कोई बीमार हो, या फीस भरनी हो या किसी शादी में जाना हो, सोचा.. उससे पूछ लें परन्तु, तुरंत ही स्वार्थी दिमाग ने कहा कि पहिले इसे घर का सारा काम खत्म करने दो, नहीं तो बातों में उलझ जाएगी और फिर जल्दी मचाएगी और काम भी ठीक से नहीं हो पायेगा। डांटने के अंदाज में उन्होंने कमला से कहा कि बहुत देर कर दी आज, चल जल्दी काम शुरू कर।

कमला ने अनमने ढंग से काम करना शुरू किया पर थोड़ी देर में वह सभी कार्य मुस्तैदी से करने लगी, शायद कुछ देर के लिए वह अपनी परेशानी भूल गयी।

कमला की सफाई से घर चमक उठा, सब कुछ व्यवस्थित, सलीकेदार लगने लगा। काम खत्म कर, कमला स्वयं ही बोली, "मैडम, मुझे अपना घर ठीक करवाना है, दो महीनों में बरसात शुरू हो जाएगी, उसके पहिले ठीक करवाना चाहती हूँ। ठेकेदार पचास हज़ार रुपये बोल रहा है, आप प्लीज मेरी थोड़ी मदद कर दो।" मिसेज सक्सेना ने पूछा कि कितना कम पड़ रहा है ? कमला उदास स्वर में बोली कि मैडम मेरे पास कुछ जमा नहीं है, आप अगर बीस हज़ार दें तो मैं बाकी जगहों से भी इंतज़ाम करूँ। मिसेज सक्सेन के दिमाग में गणित चलने लगा। उसका वेतन सिर्फ पांच हज़ार है, इस हिसाब से तो चार महीनों का एडवांस हो जायेगा। उन्हें पता था कि इस सप्ताहांत तक उनके पति की नयी पोस्टिंग आ जाएगी। उसके बाद ज्यादा रुकना नहीं होता। गर्मी की छुट्टियां भी शुरू होनेवाली थी, वह अपने मायके चली जाएँगी।

उन्होंने कुछ सोचने का अभिनय कर बोला कि देख, मैं तुझे एक महीना का वेतन एडवांस में दे सकती हूँ बस। कमला ने ऐसे जवाब की उम्मीद नहीं की थी, वह एकदम निराश हो गयी और बोली मैडम "ओस चाटने से प्यास नहीं बुझती"। आप रहने दो, यह साल भी मैं टपकते हुए घर में निकाल दूँगी और वह धीरे से उठकर हताश कदमों से चल दी, दरवाजा धीरे से बंद कर, वह चली गयी। मिसेज सक्सेना अपने मुलायम गुदगुदे सोफे पर बैठी, कमला की बातों की चुभन महसूस कर रहीं थीं।

कितनी गर्मी हो रही है, उन्होंने सोचा, बैठे-बैठे पिछले तीन वर्ष उनकी आँखों के सामने चलचित्र की तरह घूम गए, कमला ने बहुत ईमानदारी और लगन से उनका काम किया था, उन्हें कभी शिकायत का मौका नहीं दिया। जब वे बीमार पड़ीं, उसने ज्यादा देर रुक कर घर का बाकी क म भी किया, बहुत अपनेपन से मिसेज सक्सेना का ध्यान रखा। जब उनकी सहेलियां क्लब में, किटी पार्टी में, बाजार में, हर जगह... . अपनी काम वाली के रोने रोती रइती थीं, मिसेज सक्सेना अपने को भाग्यशाली महसूस करती थीं और उनका सीना गर्व से तन जाता था । फिर क्या उनका यह व्यवहार सही है? सिर्फ इसीलिए कि शायद उन्हें आगे उसकी जरूरत नहीं पड़ेगी, क्या उनको कमला की परेशानियों की तरफ से उदासीन हो जाना चाहिए ? क्या उनके और कमला के बीच एक रिश्ता नहीं बन गया है ? नहीं ! यह गलत है, उनकी अंतरात्मा ने उन्हें आवाज़ दी, इंसानियत का फर्ज है, कि वे उसकी सहायता करें । मन ही मन उन्होंने एक निर्णय लिया। उन्होंने अपना मोबाइल फ़ोन उठाया, कमला से बात करने के लिए और आभास हुआ कि बालकनी से आकर एक ठंडी हवा के झोंके ने उनको छू लिया।

16

लालच बुरी बला है

लालच बुरी बला है: तूलिका

जगत ने नई कारपोरेट जॉयन की थी। सब लोग अच्छे दिखते थे। एक दूसरे को काफ़ी ज़्यादा कोओपरेट करने वाले। देखते-देखते दो साल बीत गये पता ही नहीं चला। कम्पनी ने बड़ी रेज़ दी थी सेलरी में सबको, क्योंकि बहुत बड़ा मुनाफ़ा हुआ था। जगत का तो प्रमोशन भी था अगले महीने से नया पद, नयी ज़िम्मेदारियों को सँभालना था, नोटिस बोर्ड पर लग गया था। जगत, विनय, और सुन्दर, तीनों एक साथ आये थे। तीनों ने बहुत अच्छा कार्य किया था, और तीनों को प्रमोशन मिल रहा था।

अब क्या, तीनों ने जश्न मनाने के लिए पार्टी करने का प्लान बनाया। शनिवार को शहर के अच्छे रेस्टोरेन्ट, जो समुद्र के किनारे था, में डिनर का प्लान बनाया था। तीनों पहुँच गये समय से, उन लोगों ने खाने का आर्डर दे दिया था। खाना आने में कुछ टाइम था, कि सामने की टेबल पर दो जाने पहचाने से चेहरे दिखे, इन लोगों को, उन दोनों लोगों को पहचानने में ज़रा सी भी देरी नहीं हुई। दोनों रायवल कम्पनी के डायरेक्टरस थे। थोड़ी देर में उनमें से एक, उठकर इन तीनों के पास आगया, और अपना परिचय देने के बाद, उसने तीनों का परिचय पूछा। तीनों ने भी अपना-अपना परिचय दिया, तब तीनों को मिस्टर सिंह ने, अपना कार्ड दिया, और फ़ोन करके अलग-अलग मिलने के लिए, आगे आने वाले सप्ताह में बोला।

तीनों ने आपस में बात करके जाने का निर्णय लिया, कि मिलने में कुछ हर्ज तो नहीं है। तीनों अलग-अलग दिन, शाम को आफ़िस के पूरा, होने के बाद मिलने के लिए गये थे। जगत ने अपने दोनों दोस्तों से पूछा कि, क्या मुझे जो ऑफ़र मिला है, तुम दोनों को भी वही ऑफ़र मिला है? दोनों ने ही, हामी में सर हिलाया। जगत

ने आगे बोला, मैंने तो निर्णय ले लिया है, मैं यहीं रहूँगा मुझे नई जगह नहीं जाना, अब चाहे अगले का ऑफ़र, जितना भी अच्छा, क्यों न हो! विनय और सुन्दर ने कहा, अभी हम लोग निर्णय नहीं ले पाए हैं, दो-तीन दिन में बताते हैं। अगले दिन विनय ने भी अपना निर्णय बता दिया, उसे भी अपनी कम्पनी बदलने का कोई इरादा नहीं था, यहाँ पर हमेशा कार्य करने वाले को सराहा जाता था। कम ज़्यादा ही सही, पर हर बार किसी न किसी रूप में, हर इम्पलाय को कार्य के लिये सम्मानित करा जाता था।

सुन्दर ने एक और दिन का टाईम लिया निर्णय लेने में। अगले हफ़्ते में ही दूसरी कम्पनी को उत्तर देना था। ऑफ़र बहुत अच्छा था दुगनी सेलरी और एक ओहदा बड़ा मिल रहा था। हालाँकि अपनी इस कम्पनी में भी अगले माह से प्रमोशन होना था, और पैसे अच्छे ही बढ़ने थे, पर अभी पता नहीं था कि, कितना प्रतिशत बढ़कर मिलेगा। अगले दिन सुन्दर ने अपने दोस्तों से बोला, मैंने निर्णय ले लिया है। शाम को घर के पास वाले रेस्टोरेन्ट में मिलते हैं, तब हम बात करेंगे। शाम को तीनों दोस्त मिलने रेस्टोरेन्ट में आये, जगत और विनय ने, जब सुन्दर से सुना कि उसने नई कम्पनी में जाने का निर्णय ले लिया है तो, उन दोनों ने अपनी-अपनी जानकारी उस कम्पनी के बारे में सुन्दर से शेयर की, और उसे पुनः सोचने के लिये बोला।

सुन्दर ने तो पक्का मन बना लिया था, उसे यह नज़र नहीं आ रहा था कि अपनी कम्पनी का भविष्य बेहतर था, वह लगातार मुनाफ़ा कमा रही थी। बहुत सारे इंटरनेशनल टाईअप भी होने वाले थे, इस कम्पनी के। इम्पलायस का यह कम्पनी बड़ा ध्यान भी रखती थी। नई कम्पनी के बारे में बहुत अच्छा फ़ीडबैक नहीं था। पर सुन्दर ने मन बना लिया था जाने का, उसे जल्दी कामयाब होने की धुन लग गई थी। उसने नई कम्पनी में जॉयन करने की हामी भर दी। इस कम्पनी में इस्तीफ़ा देने के पहले, उसने नोटिस पीरियड के पैसे देने के लिये नई कम्पनी से कहा, तो उन्होंने उसे पैसे देने के लिये हाँ कर दिया, और तुरंत जॉयन करने के लिये कहा। सुन्दर ने नई कम्पनी तुरंत ही जॉयन कर ली।

शुरू में सब अच्छा चला, इधर जगत और विनय भी, प्रमोशन पाकर खुश थे। उन दोनों को भी अच्छा पैसा, और सुविधाएँ, उपलब्ध हो गई थीं, दोनों बहुत मेहनत कर रहे थे। सुन्दर भी खुश था, और नये प्रोजेक्ट पर काम कर रहा था। अचानक से सुन्दर को उसकी नई कम्पनी ने दूसरे प्रोजेक्ट में जाने का ऑफ़र दिया। ज़्यादा पैसे भी देने का वयदा किया। पहले सुन्दर नहीं लेना चाहता था, पर अधिक पैसे के फेर में आकर, उसने नया चैलेंज ले लिया। उसके दोस्तों ने

समझाना चाहा कि, वह सोच समझ कर इतनी जल्दी प्रोजेक्ट न बदले। सुन्दर को अब ज़्यादा पैसा कमाने की धुन लग गई थी। बदक़िस्मती से थोड़े ही दिनों के बाद, रूस-यूक्रेन की लड़ाई शुरू होगई। सुन्दर का प्रोजेक्ट यूक्रेन के लिये था, कम्पनी ने प्रोजेक्ट को बीच में ही बंद कर दिया। सुन्दर को लम्बी छुट्टी पर जाने के लिए बोल दिया, और कहा गया कि जब ज़रूरत होगी तब बुला लेंगे।

अब सुन्दर को अपने दोस्तों की बातें याद आने लगी, जब उन्होंने इस कम्पनी के बारे में जानकारी दी थी, तो उसने उनकी बात पर ज़्यादा ध्यान नहीं दिया था। फिर उन्होंने नये प्रोजेक्ट पर शिफ़्ट होने के लिये भी मना किया था, तब भी सुन्दर ने उन्हें अनसुना सा कर दिया था। अत्यधिक जल्दी आगे बढ़ने का प्रलोभन सुन्दर को, बहुत भारी पड़ा था।

उसे बचपन में सुना पापा का कथन,"**लालच बुरी बला है**"-"Avarice is root of all evils" याद आ रहा था। बाद में उसे पुरानी कम्पनी ने उन्हीं पैसों पर, ज़ितने पर वह छोड़कर गया था रख लिया। सुन्दर के लिए यह एक बहुत बड़ा सबक़ था।

17

ताली एक हाथ से नहीं बजती

ताली एक हाथ से नहीं बजती: तूलिका

गर्मी के दिन थे, लाक डाउन, जो पेनडेमिक की वजह से दो वर्ष से दुनिया में लगा हुआ था, अब खुल चुका था। सब कोई अपने-अपने कार्य में व्यस्त होने लगे थे। ज़िन्दगी पहले की तरह होने लगी थी।

पापा भी अब अपनी ऑफ़िस की गाड़ी के बजाए अब ऑफिस की मिनी बस से जाने लगे थे। सबकी सीट फ़िक्स थी। सब अपनी-अपनी सीट पर सिंगल ही बैठते थे। आफ़िस में एकाउंट्स डिपार्टमेंट में एक नयें सीए आये थे, वह भी इसी बस से जाने लगे थे। उनको आगे से दूसरी, पापा के पीछे वाली सीट मिली थी। कुछ दिन तक तो वह उस सीट पर ही बैठ कर जाते रहे, फिर वह चौथे नम्बर की सीट पर बैठने लगे। पहली और चौथी सीट में लेग-स्पेस ज़्यादा था। चौथी सीट आईटी इन्जीनियर की थी, सीए ने उसकी सीट से अपनी सीट बदल ली थी।

सब ठीक चल रहा था। अचानक एक दिन आफ़िस से लौटते समय पापा और उनके दोस्तों ने देखा कि बस में से ज़ोर ज़ोर से आवाज़ें आ रही थी। पापा ने बस में जाकर देखा कि सीए और आइटी वाला ज़बर्दस्त तरीक़े से बहस कर रहे थे। सीए बोल रहा था कि मेरे से आगे नहीं बैठा जाता है पैर नहीं फैलता है तो बहुत दर्द होता है, आईटी वाला बोल रहा था कि, आपको मैंने अपनी सीट दी थी, बस कुछ दिनों के लिए, अब आप उठ जाइए, और अपनी सीट पर बैठ जाइए। पर सीए मानने को तैयार नहीं था, बात ज़्यादा ही बढ़ रही थी। अब नौबत यहाँ तक आगई कि आईटी वाला बोला, यह बस तब तक नहीं चलेगी, जब तक मुझे मेरी सीट नहीं मिलेगी।

सीए भी अड़ गया और बोला, बस चले चाहें न चले, मुझे तो तकलीफ़ होती हैं, मैं बिलकुल नहीं हटूँगा, आप जो भी करें मैं यहाँ पर ही बैठूँगा। सब आईटी वाले को भला-बुरा बोलने लगे।

पापा ने सोचा ज़रूर कुछ बात है, मुझे दोनों से अलग-अलग पूछना चाहिए, मामला एक तरफ़ा नहीं हो सकता। पापा आईटी वाले को जानते थे,वह अच्छा समझदार इंसान था, पर पता नहीं क्यों ऐसे व्यवहार कर रहा था। पापा ने दोनों को अपनी-अपनी बात एक के बाद एक कहने के लिए बोला। पहले सीए ने अपनी बात कही कि उसको पैरों में दर्द होता है ज़्यादा देर मोड़ने से, इसलिए उसने अपनी सीट बदली थी लेग स्पेस के लिये, तब आईटी वाले ने उससे अपनी सीट बदल ली थी। सब ठीक चल रहा था, वह बोला अब इसको वापस यहाँ बैठना है, इसलिए यह इतना नाटक कर रहा है। मुझे तकलीफ़ है जानकर भी इसे यहाँ बैठना है।

अब आईटी वाले से पापा ने अपनी बात बोलने को कहा। उसने बताया कि सर, जब शर्मा सर आज आकर पहले से बैठे थे, मैंने उनको अच्छे से बोला कि सर मुझे कुछ दिन मेरी अपनी सीट पर बैठने के लिए दे दीजिए, फिर आप यहाँ वापस बैठ जाईयेगा। मैं बात पूरी करूँ उससे पहले ही सर भड़क गये। बोले तुम ऐसा कैसे कर सकते हो, पहले तो बड़ा आगे बढ़ कर अपनी सीट बदली थी, आजकल के लोग ऐसे ही होते हैं। मैंने फिर भी अपनी बात कहने का प्रयास किया, पर सर ने सुना ही नहीं। कहने लगे, पता नहीं कैसे संस्कार माँ-पिता ने दिये हैं, बड़े लोगों की तकलीफ़ भी नहीं समझ में आती है। मैं यह सीट नहीं छोड़ कर जाने वाला, जो करना है करलो। बस सर मुझे भी गुस्सा आगया। पहले ही इन्होंने मेरी बात नहीं सुनी, और अब मेरे माँ पिता के दिये संस्कार को भी बोल रहें है। पहले ही मैंने तो अपनी सीट दे दी थी, अब जब किसी वजह से मैंने इनसे कुछ दिन के लिये सिर्फ़, अपनी सीट वापस माँगी तो मेरी बात को सुने बिना ही यह इतना सब बोलने लगे। तब तो फिर मैंने भी कहा कि, अब तो बस, तब तक नहीं चलेगी जब तक आप इस सीट से नहीं हटेंगे। आईटी वाले ने आगे बोला कि उसके पैर में चोट लगी थी,और वह ठीक हो गई थी, पर अब अचानक रह -रह वही चोट दर्द कर रही थी। इसके लिए डाक्टर ने पैर फैला कर बैठने के लिये बोला था, कुछ दिनों के लिये सिर्फ़। पापा को अब सब बात समझ में आगयी थी, और बाक़ी सब लोगों को भी।

सही कहा है "ताली एक हाथ से नहीं बजती"। सीए का ज़्यादा दोष था, और आईटी वाले का भी दोष था, उसे भड़कना नहीं चाहिए था। पापा ने अपनी सीट आईटी वाले को कुछ दिन के लिए देदी। दोनों ने ही आपस में, और पापा से अपने ग़लत व्यवहार के लिये क्षमा माँगीं। और सब ठीक होगया।

18

जिसकी लाठी उसकी भैंस

जिसकी लाठी उसकी भैंस: तूलिक

गर्मियों का मौसम चल रहा था। बड़ी ही गर्मी पड़ रही थी। कॉलेज बंद थे, हमारे घर पर पानी की दिक़्क़त शुरू हो गई थी, बहुत थोड़ी देर के लिये घर के नलों में म्युनिसिपल पानी आता था। हम सब घर के सारे छोटे बड़े बर्तन भर लेते थे। हमारे घर के पास में ही हमारे प्रोफ़ेसरों की कॉलोनी थी। बहुत सारे लोग छुट्टी मनाने घूमने चले गये थे। हम लोग और हमारे कुछ दोस्त बस शायद ही कभी कही गये हों।

माँ पापा दोनों नौकरी करते तो उन्हें छुट्टी नहीं होती थी, या फिर मेरे स्कूल कालेज की छुट्टी नहीं होती, तो हमारा आना जाना लगभग कहीं भी नहीं होता था। हमारे बाबा दादीमाँ हम सब एक साथ रहते थे, नाना नानीमाँ भी पास में ही रहते थे, तो हम लोग बस एक घर से दूसरे घर ही जाते रहते थे। बाहर के शहर में जाना लगभग नहीं के बराबर था।

हमारे मैथ्स के प्रोफ़ेसर करन सर, बहुत नेक दिल और सीधे अच्छे इन्सान थे। वह पापा के क्लास-फैलो रहे थे, पापा ने इन्जीनियरिंग करने के बाद, स्टील प्लांट में नौकरी करली, माँ भी उसी स्टील प्लांट में डाक्टर थी। करन सर का हमारे घरों बहुत में आना जाना था।

पानी की कमी दोनों कालोनी में बहुत हो रही थी, दोनों कालोनी के लोगों ने मिलकर निर्णय लिया बोरिंग पम्प लगाने का, और साझा करके दोनों कालोनी के लोगों की पानी की समस्या कम करने का प्रयास किया गया। सारे निर्णय कुछ

लोगों की कमेटी बनाकर जल्दी ही ले लिये गये, और बोरिंग पम्प कुछ दिनों में लग गया। बारी-बारी से दोनों कालोनी के लोगों के लिये, कॉमन नलों में पानी छोड़ा जाता, और लोग अपने ज़रूरत भर का पानी लेते। कुछ दिन सब ठीक चला पर एक दिन करन सर पापा से मिलने आये और उन्होंने प्रोफ़ेसर कालोनी की परेशानियों के बारे में सबकुछ पापा को बताया।

असल में स्टील कालोनी के कुछ लोगों के दबंग लड़के, अपने बर्तन लेकर बोरिंग पम्प पर चले जाते, और पम्प घेर कर बैठ जाते, और अपनी दादागिरी दिखाकर, सारा पानी अपने लिए रख लेते। पानी पम्प चलाने वाला भी डर से उन लड़कों की ही सुनता था, प्रोफ़ेसर लोग, उनके परिवार गण सब परेशान थे। तभी नानी ने भी पापा को बताया कि वह लोग उनके काम करने वाले को भी तंग करते हैं , जल्दी पानी भरने नहीं देते, या भरे हुए पानी को, जानकर बूझकर गन्दा कर देते हैं।

पापा और करन सर की बात सुनकर मुझे अपने हिन्दी के टीचर का पढ़ाया मुहावरा याद आया। बस फिर क्या था पापा, मॉम, सर, मेरे कुछ दोस्तों ने, सबने मिलकर प्लान बनाया। अगले दिन ही सुबह हम सब बर्तन लेकर, सुबह-सुबह सायकिलों से पहुँच गये। करन सर,हिन्दी वाले सर, अन्य टीचर, और हम लोग, सबने एक साथ पानी भरना शुरू कर दिया। वह दबंग लड़के, हम सबको एकसाथ देखकर डर गये। फिर तो ऐसा, हमने हर एक दिन करना शुरू कर दिया, बस फिर क्या था, सब कुछ सही होगया।

अपने हिन्दी के टीचर से हमने कहा सर आपका बचपन का पढ़ाया मुहावरा, "जिसकी लाठी उसकी भैंस",कारगर सिद्ध हुआ, अब पानी चलाने वाला भी हमारी ही सुनता है।

"Might is right -जिसकी लाठी उसकी भैंस"

19

चिराग़ तले अंधेरा

चिराग़ तले अंधेरा: तूलिका

हर रोज़ की तरह, आनन्द का एक निश्चित रूटीन था। सवेरे जल्दी उठना, गार्डेन में टहलना पैंतालीस मिनट तक, फिर थोड़ा आराम कर स्नान करना, और फिर निकल जाना काम पर।

क्रियेटिव लाइन में होने के कारण, उसका एक अलग ही केबिन था, कुछ दोस्तों ने साथ मिलकर, उसने एक राइटिंग हाउस खोला था। तरह-तरह की कहानियाँ, क़िस्से लिखकर, उसने, व उसके दोस्तों, ने अपने आप की देश- विदेश में बहुत बड़ी पहचान बना ली थी। विभिन्न देशों में, विभिन्न स्थानों में, उन लोगों के लिखे कहानी क़िस्से ले लिए जाते थे, और उन्हें विभिन्न भाषाओं में रूपांतरित कर, अलग-अलग तरह के माध्यम से, पेश किया जाता था।

धीरे-धीरे आनन्द और उसके दोस्तों ने कथा-क़िस्सो को, वास्तविक रूप देने के लिए, देश विदेश में विचरण करना, शुरू कर दिया था, और बहुत सारे लोगों से सम्पर्क स्थापित करना, शुरू कर दिया था। कुछ समय बाद, उन्होंने अमेरिका में, यूरोप के विभिन्न देशों में, अपने कुछ आफिस स्थापित कर लिए थे। अभी आनन्द और उसके दोस्तों की व्यस्तता बहुत ज़्यादा बढ़ती जा रही थी।

एक दिन समुद्र की तरफ़ देखते-देखते, आनन्द की इच्छा हुई, कि वह बाहर विचरण करने के लिये जाये। यह सोचकर वह बाहर के लिये निकल पड़ा। चलते-चलते उसने एक व्यक्ति को किनारे पर बैठे देखा, जिसकी छोटी सी दाढ़ी थी, वह बहती हुई लहरों को देख रहा था। चेहरा एकदम भव्य, बस साधारण से, उज्ज्वल कपड़े पहने हुए था, आनन्द अब उसके पास पहुँचा, उसको उन वृद्ध व्यक्ति का चेहरा, कुछ जाना-पहचाना सा लगा। उसने उनके पास बैठने की इजाज़त माँगी,

उस भव्य पुरुष ने सहमति से, उसको बैठने के लिए कहा। आनन्द ने आगे कहा, सर मैं आप को मैं कुछ पहचान पा रहा हूँ, आप दयानन्द चाचा हैना? व्यक्ति ने उसे ध्यान से देखा, और उन्हें वह बचपन का मासूम चेहरे वाला बच्चा याद आगया, उनके सबसे प्यारे दोस्त कुल, का इकलौता बेटा आनंद। उन्होंने ही उसका नामकरण किया था, और वह उसे अपना बेटा मानते थे। दोनों दोस्तों की ज़िंदगी आनन्द के चारों तरफ़ ही घूमती रहती थी। आज उनका वह बच्चा बड़ा होगया था। उन्होंने हामी में सर हिलाया। आनन्द की आँखें छलक आईं। वह बोला चाचा आप कहाँ चले गये थे? पापा ने और मैंने आपको कहाँ-कहाँ नहीं ढूँढने की कोशिश की। चाची के जाने के बाद, आप ऐसे कहीं चले जायेंगे, पापा कभी सोच भी नहीं सकते थे। कहाँ चले गये थे आप, कितना रोया था मैं।

हमने वह जगह छोड़कर कर दूसरी जगह रहना शुरू कर दिया। पापा रोज़ एक बार जाते थे आपके घर पर, ऑफिस से लौटते हुए कि, शायद आप आजाओ, पर दुःखी होकर घर आजाते थे। उन्होंने आपको जगह-जगह ढूँढा, पर आप कहीं भी नहीं मिले। फिर पापा ने वहाँ का ताला खुलवाया, घर को साफ़ करवाया, और पड़ौसी लोगों से ध्यान रखने के लिए बोला। मैं आपसे इतना ज़्यादा प्रभावित था, कि मैंने अपनी पढ़ाई पूरी करने के बाद, बस लिखना शुरू कर दिया। आपकी पापा की तस्वीर लगी है, मेरे ऑफिस जिसका नाम कथा-भवन है, के अन्दर मेरे कक्ष में।

एक बार मानुष नाम के, किसी महापुरुष की कुछ कहानियों में, मुझे ज़रूर आपके लेखन की पूरी छवि दिखाई दी। पर पब्लिकेशन हाउस जाकर यही पता चलता रहा कि, लेखक ने अपनी पहचान न देने की शर्त पर ही, यह कृतियाँ को, छपने के लिए दिया है।

फिर दयानंद बोले, बेटा मैं वहाँ उस घर में, रह नहीं पा रहा था। मैं उत्तराखंड चला गया, और अपनी पहचान बदलकर, नया नाम रख लिया था, और इस मानुष नाम से लिखने लगा। छोटे बच्चों को पढ़ाता था,तो तुम्हें याद करता था, और बस अपना जीवन यापन करता था। फिर कुछ वर्षों से मैं अपनी रचनाओं को लेकर यहाँ आता हूँ, पब्लिकेशन को देता हूँ, कुछ दिन यहाँ एक गेस्ट हाउस में रहता हूँ, और वापस चला जाता हूँ।

तुम सबकी बहुत याद आती थी। एक बार मैं बदली हुई भेष-भूषा में उधर भी गया था। पर सब कुछ बदल गया है वहाँ, तब वहाँ पर किसी ने बताया, कि तुम लोग शिफ़्ट हो गए हो। बस मेरे घर की देख रेख करने आते रहते हो। उन लोगों ने बताया कि, आनन्द भी रोज़ एक बार आता है, अपने चाचा को ढूँढने के लिए, फिर

किसी ने कहा, वह हम सबसे पूछताछ करता रहता है, घर को देखता है, और फिर चला जाता है।

तब मैंने इस बार, यहाँ पर लम्बे समय तक रहने का फ़ैसला किया, एक बहुत अच्छे व्यक्ति का गेस्ट हाउस है। वह मुझसे अपने साथ रहने के लिए हमेशा ही कहता रहता है। पैसे लेने से भी हर बार इनकार कर देता है। रोज़ सोचता था कि बस तुम्हें एक झलक देख सकूँ। आनन्द बोला चाचा जी , मुझे आपकी बतायी हुई कहावत याद आगई, "चिराग़ तले अन्धेरा"। हम दोनों एक-दूसरे को ढूँढ रहे थे, आप तो इतने पास में भी थे, पर हम सब इधर-उधर बस भटक एक-दूसरे को ढूँढने में। फिर आनन्द ने कहा, चाचा जी अब आप बस घर चलिए। पापा तो आपकी रोज़ राह देखते रहते हैं, शाम की चाय भी अब नहीं पीते हैं, हमेशा यही कहते रहते है, जब दया आयेगा तभी शाम की चाय पिऊँगा।

घर पर आपके लिए एक अलग कमरा भी बनवाया है, हम सब आपके आने की रोज़ राह देखते हैं। मैं अब आपको कहीं भी नहीं जाने दूँगा। हाँ जब भी आपका मन करे, आपको आपके पहाड़ी घर पर अवश्य घुमा लाऊँगा। दयानंद की आँखें भीग गईं। और उन्होंने आनन्द का आग्रह स्वीकार कर लिया। दया और कुल, दोनों दोस्त वर्षों के बाद, एक-दूसरे से मिल रहे थे। सबकी आँखें नम थीं, दोनों दोस्तों का मिलना कोई "राम भरत मिलाप से कम न था"।

20

आये थे हरि भजन को ओटन लगे कपास

आये थे हरि भजन को ओटन लगे कपास: रंजन

अलार्म की घंटी सुनते ही सानिका हड़बड़ा कर उठ गयी, एक क्षण तो वह समझ ही नहीं पाई कि वह कहाँ है। सपने में वह अपनी मम्मी की गोद में सिर रख कर लेटी हुई थी और मम्मी उसे दिन भर की घटनाएं सुना रही थीं। कॉलेज से लौटने के बाद यह उसका निश्चित कार्यक्रम था, मम्मी की गोद में लेटना और सिर्फ उनको सुनना। मम्मी की बातें कुछ विशेष नहीं होती थी पर ऐसे ही दिन भर की बातें, मम्मी ने आज क्या खास डिश बनायीं, कौन से फल ख़रीदे, पड़ोस वाली आंटी से क्या बात हुई वगैरह। पर यह सानिका के लिए सबसे अच्छा 'स्ट्रेस बस्टर' था, वह अपनी सारी थकान भुला कर खुद को तरोताजा महसूस करती थी। परन्तु यहाँ का नज़ारा कुछ और था।

यहाँ था उसका छात्रावास का कमरा, एक छोटा सा बिस्तर, एक छोटी मेज़, जिस पर किताबें, नोट बुक्स बिखरी हुई थीं। ऊपर सीलिंग से लटका एक पंखा जिसकी गति कम और आवाज़ ज्यादा थी, निरंतर अपनी मौजूदगी का बोध करा रहा था। वह किसी मजबूरी में यहाँ नहीं रह रही, वह यहाँ आई थी अपने जीवन का लक्ष्य पूरा करने क्योंकि यह हॉस्टल, देश के सबसे बड़े मेडिकल कॉलेज का हॉस्टल है।

एक छोटे शहर से यहाँ तक की यात्रा उसके लिए बहुत बड़ी उपलब्धि है, जब उसका चयन हुआ था, उसकी व परिवार वालों की ख़ुशी देखते ही बनती थी। समाचार पत्र वालों ने उसके घर में भीड़ लगाई थी। सभी उसके आत्मविश्वास

से प्रभावित हो गए थे। प्रश्नों की बौछार हो रही थी, कितने घंटे पढाई की, क्या दिनचर्या थी, किसने सबसे ज्यादा प्रेरणा दी, क्या कठिनाइयां आयीं वगैरह। सबसे अंत में एक प्रश्न कि उसका उद्देश्य क्या है ? अपनी आवाज़ को गंभीर बनाते हुए उसने कहा था, कि वह अपनी पढ़ाई अच्छी तरह पूरी करके वापिस अपने शहर आएगी और एक हस्पताल बनाएगी।

अपने सपने के साथ उसने मेडिकल कॉलेज में प्रवेश लिया और फिर हॉस्टल में यह कमरा। शुरुआत के दिन संघर्ष भरे थे। सहपाठियों से तालमेल कर पाना बहुत मुश्किल लगा। वह सबको खुश करने का प्रयास करने लगी, भले ही इसके लिए उसे पार्टियों में जाना पड़ता, उपहार खरीदने पड़ते, कक्षाएं छोड़नी पड़ती। इन बातों का प्रभाव उसकी पढ़ाई पर पड़ा। उसके नंबर कम आने लगे। उसका आत्मविश्वास डगमगाने लगा। उसके शहर की एक सीनियर ने उसे समझाने की कोशिश की, कहा कि अपनी पढ़ाई में ध्यान दो पर उसने अपनी शुभचिंतक की बातें नहीं सुनी। इसके विपरीत उसने अपने जैसे लोगों को ढूंढ कर एक अलग समूह बना लिया व अध्यापकों व व्यवस्था के विरुद्ध जंग छेड़ दी। प्रत्येक कॉलेज में राजनीति होती है और विद्यार्थियों का फायदा उठाया जाता है। उसे समझ ही नहीं आया कि कब वह इस भंवर में फंस गयी और अपना उद्देश्य भूल गयी।

उसे अपनी मम्मी का कहा एक वाक्य याद आ रहा था, "आये थे हरि भजन को ओटन लगे कपास"। उसकी स्थिति वैसी ही थी, अपनी पढ़ाई छोड़ राजनीति करने के चक्कर में वह सेमेस्टर की परीक्षा पास नहीं कर पायी।

21

बाज के बच्चे मुँडेर पर नहीं उड़ते

बाज के बच्चे मुँडेर पर नहीं उड़ते: तूलिका

वीर का जन्म, एक साधारण से परिवार में हुआ था। वह छोटा ही था कि, नौ वर्ष की छोटी सी उम्र में भी, उसको पढ़ाई करने के साथ-साथ, पढ़ाने का भी बड़ा ही शौक़ था। चौथी कक्षा में होकर भी वह, दसवीं-बारहवीं के बच्चों को गणित, विज्ञान, भूगोल, इतिहास, अर्थशास्त्र पढ़ाता था।

स्कूल ने उसकी आगे की पढ़ाई के लिए वज़ीफ़ा निश्चित कर दिया था। आगे पढ़ते-पढ़ते उसने अपने से बड़े-छोटे तमाम सारे, छात्रों को पढ़ाया था। कुछ लोगों ने तो उसे पैसे देकर, सिर्फ़ अपने बच्चों को पढ़ाने की पेशकश भी की थी। पर वीर ने एकदम साफ़ इनकार कर दिया था।

"बाज़ के बच्चे मुँडेर पर नहीं उड़ते"। उसकी सोच तो बहुत ही ज़्यादा बड़ी थी। वह अपने जैसे, अपने से गरीब, ज़रूरतमंदों, और सभी को पढ़ाई करने में, मदद करना चाहता था। उसकी फ़ीस तो कॉलेज ख़ुद भरता था। उसको जो भी पैसे देने की बात करता वह उनसे स्पष्ट कहता था कि, आप सब ज़रूर मदद करे, यदि आप कर सकते हैं, तो बस गरीब बच्चे की फ़ीस भर दीजिए। या फिर, जो भी हो सकता है, बस गरीब बच्चों की मदद करने की कृपा करें।

उसके छोटे से शहर में, एक बहुत बड़े इन्डस्ट्रियलिस्ट ने, पास के कुछ गाँवों की जगह लेकर, स्टील का एक बड़ा सा प्लांट स्थापित किया। उन्होंने वहाँ के सब स्थानीय लोगों को, अपने प्लांट में विभिन्न-विभिन्न स्थानों पर रख लिया। वीर के पिताजी को भी, उसी प्लांट में, एक अच्छी सी नौकरी मिल गई। अब वीर अपने

वज़ीफे के पैसे से दूसरे बच्चों की पढ़ाई में, मदद करने लगा।

धीरे-धीरे कुछ समय बाद, उन इन्डस्टरियलिस्ट के कान में यह बात गयी, कि वीर नाम का एक बच्चा, अन्य बच्चों की शिक्षा में सहयोग कर रहा है। यहाँ तक कि वह बच्चा, अन्य बच्चों की पढ़ाई के लिए, अपने वज़ीफे के पैसे भी दे देता है।

उन्होंने वीर के पिता को बुलाकर, वीर से मिलने की इच्छा ज़ाहिर की। वीर उनसे मिलने आया, तब उन्होंने कहा बेटा मैं तुम्हारी पढ़ाई के पूरे खर्च को उठाना चाहता हूँ। तुम आगे क्या पढ़ाई करने की इच्छा रखते हो? वीर बोला, सर मेरा विचार है कि, मैं यहाँ पर ही रहकर इस शहर के एक-एक बच्चे को पढ़ाने की इच्छा रखता हूँ। इन्डस्टरियलिस्ट बोले बेटा, आपकी सोच बहुत ही अच्छी, और बहुत ही बड़ी है। आपको अभी इसी क्षण, मैं यह वचन देता हूँ, कि आपके शहर के हरेक बच्चे की पढ़ाई, अब मेरी पूरी ज़िम्मेदारी है।

आप क्या पढ़ाई करना चाहते हो? वीर बोला सर, यह तो मैंने नहीं सोचा है, पर मैथ्स, और साइंस, के विषयों में, मेरी बहुत अधिक रुचि है। तब वह इन्डस्टरियलिस्ट बोले बेटा, आप मेरी तरफ़ से इन्जीनियरिंग की पढ़ाई पूरी करके, मेरे इस प्लांट को, मेरे बेटे के साथ मिलकर, उसकी मदद करके चलाना। वीर ने उनके पैर छुए, और उन्हें भरोसा दिया कि वह ऐसा ही करेगा।

वीर अब इन्जीनियरिंग करके स्टील प्लांट को जॉयन कर चुका था। उसने इन्डस्टरियलिस्ट को दिया हुआ वायदा निभाते हुए, उनके पुत्र धनु का पूरा साथ दिया, और साथ ही, वहाँ के बच्चों की पढ़ाई की ज़िम्मेदारी में भी भागीदार बना।

22

अपना जोगी नंगा तो का दिये वरदान

अपना जोगी नंगा तो का दिये वरदान: तूलिका

नवी अपने परिवार की अकेली संतान थी। बस उसके ममेरे मामा का एक ही लड़का था मनु। दोनों परिवारों में दूर-दूर तक कोई भी नहीं था। दोनों बच्चे, दोनों परिवारों की जान थे। दोनों लगभग, एक ही उम्र के थे। मनु, नवी से, एक वर्ष बढ़ा था। दोनों बच्चे पढ़ाई में बहुत ज़्यादा अच्छे थे। उन दोनों में, आपस में भी बहुत प्यार था। मनु हमेशा नवी का बहुत ध्यान रखता था। सब लोग एक ही जगह पर, साथ मिलकर रहते थे।

उनके छ: बँगले थे, जो कि एक-दूसरे से जुड़े हुए एक ही लाइन में थे। और सब का कारोबार भी एक ही जगह पर था। उनकी बहुत ही बड़ी नामी-गिरामी चार्टेड एकाउंटेंसी की फ़र्म थी।

नवी के पापा ज़रूर, अलग से कार्य करते थे। वह वहाँ पर ही, एक कॉलेज में मैथ्स के प्रोफ़ेसर थे। नवी की तरह उसके मॉ पापा दोनों ही अपने-अपने, मॉ-पापा की, इकलौती संतान थे।

नवी के दादा जी उसी शहर में, एक जाने माने स्कूल के प्रिंसिपल थे, और दादी टीचर थी। पहले तो सब स्कूल की तरफ़ से दिये हुए घर में रहते थे। नवी की मॉ और उनके घर के सभी भाई उसी एक स्कूल में पढ़े थे।

नवी की मॉ भी अपने पूरे ख़ानदान में इकलौती लड़की थी। नवी के मॉ पापा का नाम रम्या और जय था। और मनु के पापा का नाम, माध्यम और सुची था। माध्यम के, और रम्या के, अन्य चचेरे-ममेरे भाइयों के बीच कोई भी संतान नहीं

थी। जय और रम्या के विवाह के कुछ सालो बाद ही, जय के माँ पापा एक के बाद एक कुछ समय में चल बसे। तो रम्या के पापा, जय को बड़े ही आग्रह से अपने साथ, रहने के लिए मना कर ले आये।

रम्या के पापा भी चॉर्टेड एकाउंटेंट थे। नवी तब बहुत ही छोटी सी थी, जब उसके बाबा-दादी नहीं रहे थे। कुछ समय बाद रम्या के पिता जी भी नहीं रहे। पर माध्यम और उनके अन्य भाईयों ने, हमेशा ही जय रम्या का ध्यान रखा था।

अब मनु और नवी बड़े हो चले थे। दोनों बच्चे एक ही क्लास में थे, और पढ़ाई में भी बहुत ही ज़्यादा अच्छे थे। दोनों को बाहर जाकर, अपनी पढ़ाई पूरी करने की इच्छा थी। सब घर वाले दोनों बच्चों का पूरा सपोर्ट करते थे। कुछ दिनों से मनु के पापा चाचा की सीए फ़र्म में थोड़ी कम कमाई हो रही थी, क्योंकि उन लोगों के, कुछ बड़ी कंपनियों में पैसे फँसे हुए थे। और इधर नवी और मनु को, बाहर की बहुत ही अच्छी, सबसे बड़ी यूनिवर्सिटियों मैं से एक यूनिवर्सिटी में, एक ही जगह पर, एडमिशन हो गया था।

माध्यम थोड़ा सा परेशान थे, कि कैसे दोनों बच्चों का खर्च उठाया जाएगा। शाम को कॉलेज से लौटने के बाद जय, माध्यम से मिलने गए। दोनों बाहर लॉन में बैठकर चाय पी रहे थे, रम्या सबसे छोटी बहन और माध्यम सबसे बड़े भाई थे। माध्यम, जय से कुछ कहने वाले थे, कि जय ने कहा भैया, आपसे पहले मैं आपको कुछ कहना चाहता हूँ, फिर आप अपनी बात कहियेगा। माध्यम ने मान लिया, और कहा बोलिए जय।

जय ने कहा, भैया यह मत सोचिएगा कि "अपना जोगी नंगा तो का दिये वरदान" मैंने जोड़कर रखे हैं पैसे, बस इसी समय के लिए ही। इसलिए मैं आपसे अब यह कह रहा हूँ, कि दोनों बच्चों की, बाहर की पूरी पढ़ाई, का पूरा का पूरा खर्च मैं करना चाहता हूँ। मैंने दोनों बच्चों के लिए बस यह सपना देखा था, और ईश्वर ने मेरी इस प्रार्थना को सुन लिया, और अब दोनों बच्चे एक ही जगह पर पढ़ाई करने जा रहे हैं। माध्यम उठ खड़े हुए, उन्होंने उठकर, जय को गले लगा लिया, और दोनों की आँखें नम हो गईं।

माध्यम ने आगे कहा कि जो भी हो सकेगा, मैं सपोर्ट करने की पूरी-पूरी कोशिश करूँगा जय। और जब सब ठीक हो जाएगा, तो बच्चों के आगे के जीवन के लिए सब मैं जमा करूँगा। तब तक घर के सभी लोग वहाँ पर आ चुके थे। सबने इन सब बातों को सुन लिया था, सबने ईश्वर को, बहुत धन्यवाद दिया, और साथ में ही सबने, अपने-अपने पूरे सहयोग का भी वायदा किया। दोनों बच्चे अब बड़ी ही ख़ुशी-ख़ुशी, अपनी आगे की पढ़ाई करने के लिए, अमेरिका चले गए ।

23

घी खाया बाप ने सूँघो मेरा हाथ

घी खाया बाप ने सूँघो मेरा हाथ: तूलिका

अनन्त एक बहुत ही मेहनती, और अच्छा विद्यार्थी था। साधारण परिवार से होने के बाद भी, वह अपनी मेहनत से बहुत सारी पढ़ाई करके, अपने ही तरह के बहुत सारे बच्चों को, पढ़ाने और आगे बढ़ने में, मदद करना चाहता था। अनन्त ने बहुत सारी प्रतियोगिता परीक्षाओं को पास किया था। उसका ध्येय था कि सब तरह की परीक्षाओं के बारे में अनुभव लेकर, और बच्चों की मदद करना।

उसने स्वयं दो विषयों में बायलॉजिकल साइंस, और केमिस्ट्री में पीएचडी करी थी। अनन्त ने अपने शहर में ही पढ़ाने के लिए, कॉलेज को जॉयन कर लिया था। वह गरीब बच्चों को, बिलकुल फ़्री में अलग से पढ़ाता था। धीरे-धीरे समय के साथ, अनन्त ने अपने कुछ दोस्तों के साथ मिलकर, जो अनन्त के साथ में पढ़े हुए थे, मिलकर सब बच्चों को पढ़ाने का निर्णय लिया।

वह लोग मिलकर सबको छात्रों को, प्रतियोगिता परीक्षाओं की तैयारी कराने लगे। धीरे-धीरे कुछ बड़े लोगों ने, पैसे इकट्ठा करके, अनन्त के प्रयासों में मदद करना शुरू कर दिया। एक बड़े व्यापारी ने अपने आफ़िस की बिल्डिंग में ही जगह देकर, कुछ क्लास रूम खुलवा दिए।

अनन्त अपनी सेलरी नहीं लेता था। वह अपनी सेलरी के आधे पैसे से, विद्यार्थियों के लिए पुस्तकें लाकर, लायब्रेरी को बढ़ाता रहता था, और आधी से वह गरीब बच्चों की मदद करता था, अपने जीवन-यापन के लिए, वह अपनी स्कूल की सेलरी से ही कार्य चलाता था।

अनन्त के स्कूल के प्रधानाचार्य भी, इस नेक कार्य में, अनन्त को और उसके साथ के लोगों को बहुत प्रोत्साहन देते थे, और बहुत सहयोग करते थे। धीरे-धीरे अनन्त का, और उसके इन्स्टिटूट का, नाम सब जगह प्रसिद्ध होने लगा।

अब प्रान्त के शिक्षा विकास-मंत्री ने अनन्त को, उसके प्रधानाचार्य को, और साथ के, सभी लोगों को सम्मानित करने का विचार किया। उन्होंने अनन्त के प्रधानाचार्य को यह सूचना दी, कि वह ऐसे उनको, अनन्त, और उनके साथ के लोगों को, सम्मानित करना चाहते हैं। तब प्रधानाचार्य ने कहा अवश्य, आप अनन्त और उसके सहयोगियों को ज़रूर सम्मानित करें, पर मुझे नहीं करें, वरना यह बात हो जाएगी कि "घी खाया बाप ने सूँघो मेरा हाथ"।

इस सब नेक कार्य में, अनन्त का ही पूरा प्रयास है, और उसके दोस्तों का भी, और शिष्यों का भी बहुत सहयोग है। आप उन सबको ही सम्मानित करिये। शिक्षा विकास मंत्री ने अपने कार्यक्रम के बारे अनन्त को सूचना दे दी। अनन्त ने बहुत ख़ुशी जताई, और उनका बहुत स्वागत किया। साथ में ही, अनन्त ने अपने प्रधानाचार्य, अपने साथियों, शिष्यों और सभी बड़े लोगों को, जिन्होंने अपना-अपना सहयोग दिया था, हरेक को उस अवसर पर आमंत्रित किया।

समारोह में सब जन आये थे। जब मंत्री जी ने, अनन्त को सम्मानित करने के लिये बुलाया, तो अनन्त ने कहा कि, सर मैं इस सब का सबसे पहला श्रेय, अपने प्रधानाचार्य जी को, देना चाहता हूँ। जिनके मार्गदर्शन के बिना, और पूरे सहयोग के बिना, हमारा यहाँ तक पहुँचना बिलकुल ही असंभव था। बाक़ी श्रेय मैं अपने सभी साथियों, विद्यार्थियों को, उनके अभिभावकों को, देना चाहूँगा, और सबसे ज़्यादा मैं आभार प्रगट करना चाहता हूँ, हमारे शहर के सभी बड़े उद्योगपतियों का, जिन्होंने अपनी इस संस्थान के लिए जगह दी है, और पूरी तरह से आर्थिक मदद भी करी है। जिससे हम लोग इस संस्था को, यहाँ तक लाने में सफल हो पाए हैं। फिर अनन्त ने कहा, मंत्री महोदय, आपके भी हम सब बहुत-बहुत आभारी हैं, कि आपने हमारे संस्थान को सम्मानित किया है। आपके द्वारा दी हुई इस सम्मान की धनराशि को, हम लोग अपने संस्थान की प्रगति के लिए, स्वीकार करते हैं। और अब हम सब, अपने इन प्रयासों को, और आगे बढ़ाने की पूरी-पूरी कोशिश करेंगे।

सबने यह सब सुनकर बहुत ही ख़ुशी ज़ाहिर की, और प्रधानाचार्य जी ने, अनन्त को गले लगा लिया। तब मंत्री महोदय ने, अनन्त को प्रधानाचार्य जी के बारे में पूरी बात बतायी कि, कैसे वह उन्हें भी सम्मानित करना चाहते थे। पर कितनी शालीनता से, प्रधानाचार्य जी ने अपने को, कोई भी श्रेय देने के लिए मना

कर दिया था। यह सुनकर अनन्त की आँखें भीग गईं, उसने प्रधानाचार्य जी को बहुत धन्यवाद दिया, और उनका अभिवादन किया।

24

पाँव गरम पेट नरम और सर हो ठंडा तो वैद्य को मारो डंडा

पाँव गरम पेट नरम और सर हो ठंडा तो वैद्य को मारो डंडा: तूलिका

कुशल, वन्या दोनों भाई-बहन में, एक-दूसरे से दो वर्ष का अन्तर था। वह दोनों बहुत ही छोटे से थे तब से, वह दोनों डाक्टर बनने की बड़ी इच्छा रखते थे। पर क़िस्मत ने तो कुछ, अलग ही कहानी सोची हुई थी, उन दोनों के लिए। उनके मॉ-पापा की, दादा दादी के घर से लौटते हुए, कार की दुर्घटना में मृत्यु हो गई थी। कुशल, वन्या को, उनके चाचा अपने साथ लेकर आगए थे।

चाचा अनन्य, अपने मॉ-बाबू जी के साथ, शिमला में रहते थे। वहाँ पर ही वह डिग्री कॉलेज में पढ़ाते थे। अनन्य ने दोनों बच्चों की पूरी ज़िम्मेदारी को, अपने ऊपर ले लिया था। बच्चे भी अपने दादा-दादी और चाचा से, बहुत प्यार करते थे। अनन्य कभी भी बच्चों को,कोई भी कमी नहीं होने देते थे। दोनों बच्चे बड़े होने लगे थे। कुशल का एडमिशन मेडिकल स्कूल में हो गया था, वह अपनी आगे की पढ़ाई करने के लिए चला गया था। उसका मेडिकल कॉलेज, उसके घर से चार घंटे की दूरी पर था। एक वर्ष बाद वन्या को भी उसी मेडिकल कॉलेज में एडमिशन मिल गया था।

दादा-दादी, चाचा सब लोग बहुत खुश थे, कि दोनों बच्चे मेडिसिन कर रहे थे, वह भी एक ही जगह से। दादाजी, दादी, और चाचा, तीनों ही एकदम ही फ़िट थे।

दादा जी पोस्ट-मास्टर की नौकरी से रिटायर हो गए थे। पर उनका नियम था, रोज़ दो किलोमीटर टहलने का, योगा करने का, वह एकदम सादा भोजन करते थे। दादी भी सब कार्य स्वयं करती थी, एक किलोमीटर रोज़ घूमने जाती थी, नियम से। और अनन्य भी स्कूल से पढ़ाकर आते तो नित्य नियम से योगा करते थे। शाम को वापस स्कूल जाकर, स्कूल की तरफ़ से, बच्चों को प्रतियोगिता परीक्षाओं की तैयारी कराते थे।

धीरे-धीरे समय बीतता चला गया। कुशल की अब इन्टर्नशिप चल रही थी, वह डाक्टर इन्टर्न था। वन्या भी फ़ाइनल ईयर में पढ़ रही थी। कुशल ने अपने दादा-दादी व चाचा जी का, पूरा मेडिकल चेकअप कराने का विचार कर लिया था। और वह चाचा से कह चुका था कि, अगले माह वीकेंड पर आकर, वह सबको लेकर जायेगा। दादा-दादी बोले "पाँव गरम पेट नरम और सर हो ठंडा तो वैद्य को मारो डंडा", सब तो ठीक है बेटा, किसलिए तुम चेकअप कराना चाहते हो? कुशल बोला चाहे आप कुछ भी कहिए, मैं अब से हर वर्ष आप तीनों का पूरा चेकअप ज़रूर कराऊँगा। यह कह कर कुशल तीनों की सब टेस्टिंग कराने के लिए लेकर गया। दादा-दादी की बात सत्य ही निकली। तीनों एकदम स्वस्थ थे। पर कुशल ने कहा दादा-दादी, चाचा आपको कुछ तकलीफ़ नहीं है, यह तो बहुत ही अच्छी बात है। पर मैं और वन्या डाक्टर होने के नाते, आप सबका हर वर्ष चेकअप ज़रूर करवाएँगे।

अगले वर्ष कुशल शिमला में ही शिफ़्ट होकर, वहीं पर प्रैक्टिस करने लगा था। और अब हर वर्ष नियम से, अपने दादा-दादी, चाचा का पूरा चेकअप करवाने लगा था। कुछ ही वर्षों के बाद वन्या भी, अपनी पोस्ट ग्रेजुएटशन पूरी करने के बाद शिमला में ही आगई। दोनों बच्चे शिमला में ही प्रैक्टिस करने लगे। और नियम से अपने दादा-दादी, चाचा के स्वास्थ्य का पूरा ध्यान रखने लगे।

25

जो गरजते हैं वो बरसते नहीं

जो गरजते हैं वो बरसते नहीं: रंजन

'बेस्ट फ्रेंड्स फॉरएवर' के उपनाम से प्रसिद्ध, रूही और महिमा की जोड़ी देखते ही बनती थी। दोनों मैनपुरी शहर से उच्च शिक्षा प्राप्त करने दिल्ली आयी थीं और गर्ल्स हॉस्टल के एक ही कमरे में रहती थीं। मित्रता का हाथ बढ़ाने के लिए, महिमा ने घर से लाया हुआ मठरी का डिब्बा रूही के सामने किया, रूही ने पहिले हिचकिचाते हुए मना किया, फिर महिमा के मुस्कान भरे आग्रह को न टाल पायी। रूही ने जैसे ही मठरी मुँह में डाली, बोल उठी, क्या स्वाद है। रूही दंग रह गयी जब महिमा ने बताया कि यह उसने खुद अपने हाथों से बनायीं है। रूही एकल परिवार से थी और उसकी माँ का एक बीमारी के कारण निधन हो गया था, जब वह एक बच्ची थी।

रूही के पिता एक जाने माने डॉक्टर थे, नौकरों की मदद से रूही का पालन पोषण हो रहा था। महिमा एक संयुक्त परिवार से थी, उसकी बातें और अपनापन रूही को बहुत पसंद आया। दोनों की दोस्ती पक्की होती गयी। हर बार छुट्टियों के बाद महिमा बहुत सारा सामान लाती, रूही को बहुत अच्छा लगता, कई सारी चीज़ें तो उसने पहली बार खायी, कई प्रकार की बर्फी, लड्डू, नमकीन, मुखवास इत्यादि। और हर बार महिमा उसे बताती कि उसने ही यह सब चीजें बनायीं हैं।

समय बीतता गया। दोनों की पढाई पूरी हुई। रूही के पिता ने जल्दी से रूही का विवाह निश्चित कर दिया, वे अपनी जिम्मेदारी पूरी करना चाहते थे। रूही अपने विवाह को लेकर बहुत चिंतित हो गयी, कैसे वह एक नए घर में एडजस्ट कर

पायेगी, इस बात की चिंता उसे सताने लगी। माँ की कमी उसे बहुत महसूस होती।

वह अपने मन की सारी बातें महिमा से साझा करती। महिमा उससे मिलने आयी। रूही ने कहा कि सबसे ज्यादा चिंता उसे इस बात की है कि वह पहली रसोई में क्या बनाएगी। चूंकि महिमा संयुक्त परिवार में रहती थी, उसने अपनी मम्मी चाची से कहानियां सुनी थी, उसने तपाक से जवाब दिया, कि रूही, सुन तू हलवा बना लेना, झट से बनेगा और सबको पसंद भी आएगा। रूही भी उतनी तत्परता से बोली चल, हम रसोईघर में चलते हैं, तू मुझे हलवा बनाना सिखा दे, भूख भी लगी है, साथ में बनायेगें, मैं सीख लूंगी और फिर आराम से टीवी देखते-देखते हलवे का लुत्फ़ उठाएंगे। महिमा के होश उड़ गए, उसे तो रवा और शक्कर का अनुपात ही नहीं पता था। उसने स्वयं कभी कुछ बनाया नहीं था। परिवार वालों की बातें सुन-सुन कर उसे थोड़ी बहुत बातें पता थीं पर हकीकत तो यह थी कि पाक-कला के क्षेत्र में वह भी एक नौसिखिया ही थी।

अचकचा कर वह इधर-उधर देखने लगी थी, कांपते हाथों से कढ़ाई उठाई, और फिर मोबाइल ले कर कुछ जल्दी- जल्दी ढूंढने लगी। तभी जोर से बादल गरजने लगे। महिमा बोली कि लगता है, जोर से बारिश आने वाली है, मैं घर जाती हूँ। रूही सब बातें समझ गयी, हँस कर बोली कि यार महिमा, "जो गरजते हैं वो बरसते नहीं", तू चिंता मत कर, हम यूट्यूब से रणबीर ब्रार की रेसेपी देख कर कोशिश कर लेंगे और फिर टीवी देखेंगे। पापा के आने पर हम तुझे घर छोड़ देंगे। दोनों सहेलियाँ खिल-खिला कर हँस दीं और बोलीं हाँ बारिश हो या धूप, हम तो हैं बी ऍफ़ ऍफ़ - बेस्ट फ्रेंड फॉरएवर।

आभार

आभार

किस्से कहानियों का सफर अनवरत है। हर दिन एक नए किस्से को जन्म देता है, और हमें याद दिलाता है, किसी न किसी कहावत की, या मुहावरे की।

मन को छूने वाले ये कहावतें- मुहावरे, एक लम्बी यात्रा तय कर के हमारे पास पहुंचे हैं। इनको सन्जोने का प्रयास अभी जारी है, कुछ और कहावतों-मुहावरों के साथ हम, "जिंदगी के रंग कहावतों के संग" के भाग-२' के प्रस्तुतिकरण में संलग्न हैं। सभी का हृदय से आभार।